终朝煮茶 七碗生风

叶梓 著

图书在版编目(CIP)数据

终朝煮茶,七碗生风 / 叶梓著. —重庆:重庆出版社, 2020.12
ISBN 978-7-229-15337-3

Ⅰ.①终… Ⅱ.①叶… Ⅲ.①散文集—中国—当代 Ⅳ.①I267

中国版本图书馆 CIP 数据核字(2020)第 197635 号

终朝煮茶,七碗生风
ZHONGZHAO ZHUCHA,QIWAN SHENGFENG
叶 梓 著

责任编辑:钟丽娟
责任校对:杨　婧
装帧设计:刘沂鑫　Reira
摄　　影:苏　眉

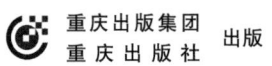

重庆出版集团
重庆出版社 出版

重庆市南岸区南滨路162号1幢　邮编:400061　http://www.cqph.com
重庆出版社艺术设计有限公司制版
重庆市国丰印务有限责任公司印刷
重庆出版集团图书发行有限公司发行
E-MAIL:fxchu@cqph.com　邮购电话:023-61520646
全国新华书店经销

开本:889mm×1194mm　1/24　印张:10　字数:190千
2020年12月第1版　2020年12月第1次印刷
ISBN 978-7-229-15337-3

定价:52.00元

如有印装质量问题,请向本集团图书发行有限公司调换:023-61520678

版权所有　侵权必究

contents

目 录

辑一

… 遥远的人与事，
仿佛洇在历史册页上的点点茶渍

葛仙茶圃	/ 003
夜抄《采茶录》	/ 004
茶山居士	/ 006
隐于茶	/ 008
黄山毛峰	/ 010
南园茶社	/ 012

辑二

… 老茶具，

是一处处时光的遗址

"器择陶简，出自东隅"	/ 015
镏金银的皇皇大美	/ 017
宛似松段	/ 019
白底黑花	/ 020
茶具的家	/ 021

辑三
… 每一款茶，都有它的前世今生

岩骨花香	/ 025	青山绿水	/ 048
碧潭飘雪	/ 028	雪水云绿	/ 050
太湖白云	/ 030	九曲红梅	/ 052
三台之上	/ 033	狗牯脑	/ 054
顾渚紫笋	/ 036	桂花龙井	/ 056
剑潭雾毫	/ 039	丫玉	/ 059
敬亭绿雪	/ 041	莲花茶	/ 062
紫气东来	/ 043	径山茶写意	/ 065
庐山云雾	/ 045	野茶无限春风叶	/ 069

辑四

… 茶非茶，茶是世事

一天	/ 073	黄河上的茶船	/ 096
西湖龙井购买指南	/ 074	两种喝法	/ 100
背景音乐	/ 076	答谢词	/ 101
午后	/ 079	差一点去了紫阳	/ 102
老茶馆	/ 081	换来的茶	/ 105
回忆罐罐茶	/ 083	回忆梅园的一个下午	/ 107
翁家山访茶记	/ 086	桂花树下	/ 111
竹叶青茶呀竹叶青酒	/ 089	题襟馆前	/ 114
碧螺春的春天	/ 092	"长溪茶"	/ 116
河南也有茶	/ 094	乾元茶场的夜晚	/ 118

碧螺春虾仁	/ 121	守拙	/ 144
碧螺峰下炒茶人	/ 123	苏园记	/ 147
挹翠轩记	/ 126		
烘青豆茶	/ 128		
装在雪碧瓶子里的茶	/ 130		
一道一道地喝	/ 133		
春兰茶室	/ 135		
西和油茶	/ 137		
云台的面茶	/ 139		
乘风邀月	/ 142		

辑五

··· 盏边闲言，啜茶之帖

君携佳茗西行来	/ 153	"原配"	/ 168
气愤	/ 155	茶境	/ 169
与韩斌书	/ 157	下午茶	/ 170
顾渚紫笋爆鳝丝	/ 158	诗床茶鼎	/ 172
书房一角	/ 159	逛茶店	/ 173
2012年11月24日记	/ 161	小盅喝酒，大碗喝茶	/ 174
尚焙坊记	/ 163	茶话会	/ 175
西湖茗女	/ 165	月光白	/ 177
三生有幸	/ 167	不雅的雅集	/ 179

辑六

… 与紫砂有关的日记

紫砂日记 / 181

辑一

遥远的人与事，

仿佛泅在历史册页上的点点茶渍

葛仙茶圃

东汉末年，群雄纷争的那个久远时代里，大地深处充满了阴谋、血腥、杀戮与残酷。刀剑相见的影子，在白花花的阳光里，寒气逼人。但远在江南的天台山顶，却有人安心求道，与世无争，在那古木参天葱葱郁郁的华顶山峰的一间小小寺庙里，随心所欲地活着。他自吴国赤乌元年的某一天开始，于山顶创建道观后，开辟茶圃，以茶养生，以读老庄安度余生，累了，就走出居住着的山洞——后世者命名为归云洞——在茶圃里散散步，放松一回。回来的时候，眼前自然会多出一杯汤色鲜亮的茶。他在独享着这份宁静时，并没有想到，也不会想到在多年之后的唐代，有一个叫陆羽的人，没有忘记他曾经在这里生活过的隐秘历史，并且怀着一腔敬意前来瞻仰他生活过的这块仙气盈盈的地方——甚至有日本的僧人前来在此求学，并且在归国时带去了若干茶种，在他们自己的国度种下了第一株茶。又过了很多年，另一位日本高僧虚心地来这里考察茶种，研习茶道，撰写《吃茶养生记》，成为传播天台山茶文化的鼻祖，且被日本国尊称为"茶圣""茶神""茶祖"——浪潮般奔涌而来的盛名，反而让更多的人记下了华顶山峰那间小小寺庙里的主人——葛玄，生于164年，卒于244年，中国历史上的著名道士，天台山道教源流始祖，被后世尊为"太极左仙翁"，故叫葛仙——他的一生像一片隐于时间深处的茶圃，甚至没有肉体，只有辽阔的云雾烟岚。

夜抄《采茶录》

　　温庭筠（约812—约866），一名庭云，字飞卿，山西太原人，晚唐时代一位才华横溢的词人，其事迹在《旧唐书·文苑传》和《新唐书》里均可见到。在文学史上，他跟李商隐齐名，号称"温李"，而且，一提起他，不少人总要和"词为艳科"联系起来。也许，这是大学教授们给我们造成的错觉。而温庭筠于我，有两事一直铭记于心。其一是他的一首《梦江南》里，用短短几句"梳洗罢，独倚望江楼。过尽千帆皆不是，斜晖脉脉水悠悠，肠断白蘋州"，就把曲子词的深长意味和盘托出，让我迷恋得都有点喜欢那个愁对江水的思妇；其二是他曾撰写过一册《采茶录》，虽有佚失，却是茶史上的一件大事。

　　《采茶录》是温庭筠于大中十三年（859）以乡贡进士被谪授随县尉后写就的。《新唐书》艺文志小说类、《通志》艺文略食货类、《宋史》艺文志农家类都有其名录。其中《通志》作三卷，其他各书都作一卷。嗣后即不见记载，大抵佚失于北宋时，《说郛》和《古今图书集成·食货典》中虽有《采茶录》，但仅存辨、嗜、易、苦、致五类六则，共计不足四百字。

　　我曾不止一次地读过这残存下来的区区四百字的《采茶录》，在我看来，它比陆羽的《茶经》更有烟火气，所以我更喜欢。

　　其文如下：

　　【辨】代宗朝李季卿刺湖州，逢陆鸿渐。抵扬子驿，将食，李曰："陆君别茶闻，扬子南零水又殊绝，今者二妙千载一遇。"命军士谨慎者深入南零，陆利器以俟。俄而水至，陆以勺扬水曰："江则江矣，非南零，似临岸者。"使者曰："某棹舟深入，见者累百，敢于有绐乎？"陆不言，既而倾诸盆，至半，陆遽止之，又以勺扬之曰："自此南零者矣。"命名者蹶然驰白："某自南零赍至岸，覆过半，惧其鲜，挹岸水增之。处士之鉴，神鉴也。某其敢隐焉！"

李约字存博，汧公子也。一生不近粉黛，雅度简远，有山林之致。性辨茶，能自煎，尝谓人曰："茶须缓火炙，活火煎，活火谓炭火之有焰者。当使汤无妄沸，庶可养茶。始则鱼目散布，微微有声；中则四边泉涌，累累连珠；终则腾波鼓浪，水汽全消，此谓老汤。三沸之法，非活火不能成也。"客至不限瓯数，竟日热火，执持茶器弗倦。曾奉使行至陕州硖县东，爱其渠水清流，旬日忘发。

【嗜】甫里先生陆龟蒙，嗜茶也。置小园于顾渚山下，赍岁入茶租，薄为瓯蚁之费。自为品第书一篇，继《茶经》、《茶诀》之后。

【易】白乐天方斋，禹锡正病酒，禹锡乃馈菊苗、齑、芦菔、鲊，换取乐天六班茶二囊，以自醒酒。

【苦】王蒙好茶，人至辄饮之，士大夫甚以为苦，每欲候蒙，必云："今日有水厄。"

【致】刘琨与弟群书："吾体中愦闷，常仰真茶，汝可信致之。"

2010年初夏某日晚，无事，小酒过后，遂置宣纸于桌，泡一杯明前的碧螺春伺候于侧，开始闲抄《采茶录》。虽初学柳体，但点点淡墨泼于纸上，因是小楷而望之密密麻麻，甚是得意。抄录间，茶香漫于书房，惬意似忆美人，亦似读了一阕温庭筠的艳情词。

- 005 -

茶山居士

南宋诗人曾几，因反对秦桧议和而遭贬，就去了江西上饶广教寺寓居，旁有茶山，遂自号茶山居士。这里的居士，大抵就是隐士的代名词，与宗教关系并不大。在古代的中国，文人们常常以居士自居，如李白号青莲居士，范成大号石湖居士，这既是文人的自我放逐，也是佛教在文人心理上的投影。当然，居士也并非佛教专指，作为隐士之一种，早在《礼记》里就有这层意思了——《礼记》里的"居士锦带"一语，就是这个意思。

曾几偏偏自号茶山居士，是因为广教寺旁即是茶山。

我常常想，那是一片什么样的茶山呢？我是北人，进茶园的机会不多，更何况是进一片史籍有载的南宋茶园。但可以肯定的是，那必定不是一片轻风能把汽车尾气吹进去的茶园，而是一片清风、雨露、阳光与株株茶树的秘密集合之地。稍后，则知道此茶山早就因"茶圣"陆羽而出名了。据南宋韩元吉《两贤堂记》载："广教僧舍在（上饶）城西北三里而近，尤为清幽，小溪回环，松竹茂密。有茶丛生数亩，父老相传唐陆鸿渐所种也，因号茶山。泉发砌下甚乳而甘，亦以陆子名。"这样的叙述让我不禁要想，曾几是不是因为茶神陆羽曾经造访而索性隐居这座茶山呢？

我不知道。

我知道的是，上饶籍女诗人林莉告诉我，茶山之茶，已经不是当年的茶了。而且，清代张有誉《重修茶山寺记》里叙述过的那眼色白味甘、被誉为天下第四泉的陆羽泉，在某个狂热的时代里因为"挖洞"而泉脉皆损，只剩下古人所题的"源流清洁"几个篆体小字，作为后人凭吊古迹的唯一标志了。

不过，茶山居士的来历，仅有茶山可能还远远不够，一定与诗人的嗜茶不无关系。我这么判断，是因为我确实读过他的茶诗。而且，元人方回在评论时言之凿凿地说："茶山嗜茶，茶诗无一篇不清峭有奇骨。"据细心的权威人士考证，曾几的诗集《茶山集》里，涉及茶的诗有二十余首，而我独喜欢这一句：

独烹茶山茶，未对雪峰雪。

这句子，对仗工整，既入江西诗派，又出江西诗派，自然流转，独成一格。因为这句诗，我喜欢上了整部《茶山集》。就像喜欢一个人一样，因为某一点而会忽略其他的毛病与缺点。关于《茶山集》，《永乐大典》里说："凡得古今体五百五十八首。虽不足尽几之长，然较刘克庄《后村诗话》所记九百一十篇之数，所佚者不过三百五十二篇耳。"

隐于茶

大隐隐于市。

这句话的意思,大家都明白。说的是真的隐士,往往就在日常生活里。但是,市者大矣,有人隐于学,有人隐于商。我这里说的隐于茶,则是想说,一介真的隐士,他的案前总有一杯清淡的茶,寂寥、清雅,又有辽阔的风吹来。

茶,是一个隐士的日常。

中国古代的隐士,是农耕文化的另一种表达方式,或者说,所谓隐士,大部分会选择过上一种农耕的生活,日出而作,日落而息,躬耕田野,栽桑植麻,既解决日常生活,又是隐者的一件外衣。因此,栽茶采茶也就是他们的日常生活之一。于是,他们耽于啜茶,也就是一件顺理成章的事。况且,茶本温和,跟隐士修身养性的志趣一脉相承。

张源于1595年前后著述的《茶录》,叙及饮茶体会和心得,顾大曲在序中说:其隐于山谷间,无所事事,日习诵诸子百家言。每博览之暇,汲泉煮茗,以自愉快,无间寒暑,历三十年,疲精殚思,不究茶之指归不已。这位"隐士"深山苦读,逍遥自在,若不是以"独饮自娱",漫长的三十年,能够坚持下来么?

南宋诗人赵师秀刻画过一个僧人,既隐于山林,又隐于茶,"茗煎冰下水,香炷佛前灯",日日以品茗礼佛为事,仿佛活在另一个世界里。如此离尘出世的生活,一般人是过不下去的。

辑
一

  有一次，诗人刘克庄去西山玩，见到了一个隐居之人，让他大开眼界："绝顶遥知有隐君，餐芝种术为群。多应午灶茶烟起，山下看来是白云。"这位隐者深居浅出于白云深处，以灵芝、白术为食，与麋鹿相伴，而最优雅的生活是燃灶煮茶，让缕缕茶烟似白云般升腾，真是优雅缥缈得很！

  以上所述，都是古人隐于茶的历史身影。

  这些年，陕西的终南山，成了不少习茶者的去处之一。有一个人，就写过一本书，写他在终南山习茶的经历，这里不提也罢。在我看来，一个真正隐者的案前，总有一杯茶。这杯茶，是茶，又非茶，既是日常，也是内心归于宁静的一种生活方式。

黄山毛峰
(纪念谢正安)

　　黄山上奇峰无数,桃花峰只是其沧海一粟。但桃花峰能被更多的人——哪怕是功利十足的游客们记住,不在于它独具特点,而是桃花峰一带的云谷寺、松谷庵、吊桥庵、慈光阁及半寺周围所产的黄山毛峰直抵人心。喜欢考据的人总会想当然地以为,这一带山高林密,日短云多,是产茶之胜地。不错,这是黄山毛峰胜出一等的原因之一,但仅有这些还远远不够——尤其对于黄山毛峰而言,它之所以享有盛名,跟殚精竭虑为之推广的人大有关系,此人就是1838年生于安徽歙县漕溪的谢正安。18岁的谢正安,正值风华正茂,他像普通的徽商一样,胸怀一腔打天下的雄心,过江去做生意。可谢正安生不逢时,其时,太平军路经徽州,"家业为之荡尽,"而且,侍奉双亲逃难求生的弟弟谢正富后遭瘟疫,亲房叔伯大半死亡。两年后,弟亦病逝。此际的谢正安,已是"孑然寡助之时,处家无立锥之地",穷困潦倒,举步维艰。但是,谢正安心里"誓欲重撑夫门户"的烛火,在他的心底一直没有熄灭。他带领一家苦命的人,到离家9公里的深山里租山开垦,种粮度日,且种植茶园。其间,有人恰好落难至此,遂携手一起发展茶园。当时,正是同治年间"商务奋兴"的大好时机,谢正安就常常外出联络商务,并且在漕溪挂秤收购春茶,略经加工,组织人员户挑到皖东运漕、柘皋设店销售。再后来,茶叶从长江水路过靖江,运抵上海——1875年,漕溪"谢裕大茶号"在大上海正式开张,要算谢正安商业履历中最重要的标志性事件。想把事情做大的谢正安,虽然把茶庄开在了大上海,但他清楚地认识到,上海茶庄林立,各庄皆有名品，因此，既要有好招牌，更要手中有名茶。于是，每每于清明过后，他亲自带领家人到茶园选采肥壮芽茶，复经"下锅炒（即用五桶锅杀青）、轻滚转（手轻揉）、焙生胚（毛火），盖上园簸复老烘（足火、显毫）"等独特工艺的精心制作，做成别具风格的新茶。此茶白毫披身，芽尖似一点小小山峰，故称"毛峰"——后来，有好事者因其产地既属黄山山系，因邻近黄山，就称黄山毛峰了。黄山，实则是沾了毛峰的光。再后来，"谢裕大茶行"开创者谢正安，也就登上了"黄山毛峰"创始人的宝座。所以，每一杯正宗的黄山毛峰，实都有谢正安作为一介徽商的历史倒影。我常想，当一杯造过假的黄山毛峰出现在茶桌上的时候，谢正安的灵魂一定会在你的耳边低声提醒："正宗的毛峰，像雀舌，水色清澈、杏黄，芽叶成朵。你看你茶杯里的土黄色，太难看了，叶片也缩在一起，开不了花呀！"

我有幸于2009年的春天，喝到了一筒正宗的黄山毛峰。我至今还收藏着那个装茶的铁罐。因为铁罐子上的一段广告，不事夸张，谦卑得像是一个淳厚的生意人在说话，实在令人喜欢。如果中国的广告都是这样的水平，实在是一件可喜可贺的事。

广告词如下：

黄山毛峰，中国十大名茶之一，源自黄山南麓漕溪，系清同治年间漕溪慎裕堂主人谢正安毕生心血之作。如今，谢氏后人秉持"黄山毛峰第一家"的盛名，以原产地之优势潜心精制黄山毛峰，敬献世人品尝。

南园茶社

从同里古镇的退思园出来，经过一条临河的古街，食肆林立。朋友说："吃点东西吧。"于是，选了一家餐桌干净的小馆子，坐下来，点了芡实炒红菱、太湖白鱼，还有她爱吃的番茄炒鸡蛋。食毕，朋友说："去喝茶吧。"正在收钱的老板娘听到后赶紧推荐："这里就能喝的，新鲜的碧螺春，蛮好哉！"可朋友执意要去别处，说是几年前去过一家老茶馆，只是记不清地方了。

于是，不停地找。

古镇游客如云，来回找了好几趟，仿佛有茫茫人海寻他千百度的恍惚之感。大抵到了古镇的最南端，果然有家茶馆，气势非凡——它的非凡之处，是不同于古镇临河的小茶馆，而是深藏在小弄堂里，而且，弄堂口还有一面小小的茶旗迎风招展——这多么有古旧的味道啊。茶馆大气，门面是传统的砖木结构，清代风格的木雕装饰。朋友找到了这家老茶馆，立马兴奋起来，像是他乡遇知己。进门，顺着左侧的木质楼梯上楼，坐下来，才发现偌大的茶室竟然空无一人。朋友天天喝碧螺春，可能是喝腻了，点了杯铁观音，我点了杯黄山毛峰。两杯茶，两个人，有一搭无一搭地说话，看阳光经过木格子的窗户照射进来——恰是谷雨时节，阳光暖暖的，像是一场恋爱经过一颗苍茫的心。茶室的西北角，是一处小舞台，如果时光倒流十年、二十年，水乡古镇的江南丝竹、宣卷、评弹一定会在这里轮番登场。可惜现在冷冷清清，喜欢热闹的游客们都在古镇一条街忙着购买土特产，他们行程紧张，根本没有时间来这里安静地坐一会儿。

中途，去一楼卫生间，发现楼下的店堂设有民国风格的账房，还有一老虎灶。老虎灶我是第二次见。第一次好像是在浙江富阳的一户茶农家里。偶遇的老虎灶，让我断定此茶室必有来头，一看门口悬着的牌子，果然是卧虎藏龙之地：这茶楼竟然跟中国近现代史上的南社有关——也难怪，它的名字叫南园茶社。1909年11月，吴江的陈去病、柳亚子等人在苏州虎丘的"冷香阁"成立了南社——这在当时，是苏州很著名的一个进步文学团体。何止苏州，在全国也排得上。南社，顾名思义，就是以"反抗北庭"为宗旨、鼓吹反清革命的文学团体，它在推行资产阶级民主革命、反对清王朝专制统治方面发挥过积极的作用。1930年，陈去病从南京返回家乡同里，多次到这家名为福安茶社的地方喝茶。福安茶社的老板受陈去病、柳亚子等人的影响，也支持辛亥革命。有一次，陈去病和茶室老板在交谈中，试探性地提议将茶社更名为"南园茶社"——去掉中间二字即为南社——意在纪念南社革命活动的想法，听得老板频频点头称好。从此，福安茶社就变成了南园茶社。这是一个颇有政治色彩的名字，一般的商人不会冒着倾家荡产的商业风险轻易易名，而福安茶社的老板果断采用，足见其胸怀魅力。我猜想，家在与茶社一河之隔的陈去病，一定是想把茶社当作宣传革命思想的理想场所。

不少地方都有八景十景，同里古镇也不例外。同里的八景之一"南市晓烟"，说的就是南园茶社一带，每天早晨炊烟袅袅，一派烟火气象。不用我说，这样的场景现在很难见到了，这倒不是因为我是下午去没看到，而是江南市镇的炊烟，这些年差不多被林立的高楼大厦给淹没了。

不过，南园茶社还在，如一册手卷，记录着古镇同里的斑驳历史。

辑二

老茶具，

是一处处时光的遗址

"器择陶简，出自东隅"

中国古代的文学史，其实也是一门失之偏颇的传播史。比如西晋的辞赋家，人人尽知左思、陆机，甚至熟读他们的作品。但跟他们齐名的杜毓，所知者却寥寥无几，可偏偏就是他的那篇《荈赋》，是历史上第一篇关于茶的赋文，在茶史上的地位举足轻重：

灵山惟岳，奇产所钟。厥生荈草，弥谷被岗。承丰壤之滋润，受甘霖之霄降。月惟初秋，农功少休，结偶同旅，是采是求。水则岷方之注，挹彼清流；器择陶简，出自东隅；酌之以匏，取式公刘。惟兹初成，沫成华浮，焕如积雪，晔若春敷。

荈者，茶也，茶的古称。

这篇赋文，它从茶的生态环境、采摘时期到煮饮用水、饮茶器具以及煮茶的效果，都有所涉及，虽短，但有洋洋洒洒之气势，写出了茶的风神，写得也摇曳生姿。其中，在谈到茶器时，用了八个字：器择陶简，出自东隅。显然，这是在说，遥远的西晋时期，喝茶的器具是陶土做成的。而且，此处的隅，通瓯，有浙东窑场的意思。彼时，浙江永嘉一带的窑场，规模就已经很大了。温州，古称瓯，西汉惠帝三年（公元前192）为东海王（东瓯王）驺摇都城。瓯字从瓦，说明东瓯先民擅长陶瓷制造。《百越源流史》里介绍，"瓯即盂，今浙瓯一带出土新石器晚期的盂就比其他地方要精致美观，具有独特风格"。事实上，考古发现，瓯窑创烧之前，西汉至新石器时代晚期，东瓯先民就已经掌握制作陶器和原始瓷技术。

杜毓所写的，正是彼时的陶器茶具。

后来的瓯窑，经过多年发展，其胎釉之玉润奇美、纹饰之简约生动，造型之栩栩如生，既为历代文人骚客所吟咏，也为达官贵人所偏爱。瓯窑瓷胎的特点是色较白，胎质细腻，釉色淡青，透明度较高。西晋时，它还有一个好听的名字，称为"缥瓷"。有一年，我去温州乐清一带游荡，顺道去当地的博物馆，发现在一些器物的腹部刻有兽面纹，也就是饕餮纹。据此可知，这些器皿应当用于典礼或祭祀活动，以表达对祖宗的无比虔诚。

我的家乡至今还流行喝罐罐茶。最地道的喝法，就是在柴火上煨一个陶罐，茶叶在里面扑扑地煮。这个陶罐，就是用家乡的一种红泥烧制的。我现在回乡，在大街小巷常常能碰到这样的茶摊子，凑过去喝一杯，茶非好茶，甚至是最差的陈茶，但仍然古意盈盈。

镏金银的皇皇大美

第一次去法门寺,我是俗世的游客之一,跟随单位的团队,匆匆一游,就驱车宝鸡市去胡吃海喝了,好像什么也没有发生。多年后复去,可以说是冲着那套声名赫赫的镏金银茶具去的。

1987年出土于法门寺地宫的这套茶具,最初的使用者是唐僖宗。据《资治通鉴》记载,是公元873年末封藏的。这套唐代皇室宫廷使用的金、银、玻璃、秘色瓷等茶器,以其本身明确的錾文和出土的《物账牌》,成为我国茶文化史上最齐全的一次茶器考古。《物账碑》载:"茶槽子碾子茶罗子匙子一副七事,共八十两。"结合实物,"七事"分别指茶碾(包括碾、轴)、罗合(包括罗身、罗斗和罗盖)以及银则、长柄勺等。从茶器錾铭看,它们制作于咸通九年至十二年(868—871),又有"文思院造"字样。

文思院,是唐代专门制造金银犀玉巧工之物的宫廷手工工场。

这套茶具计有壶门高圈足座银风炉、金银丝结条笼子、飞鸿球路纹镏纹银笼子、鸿雁纹云纹茶碾子、仙人驾鹤纹壶门茶罗子、银龟盒、魔蝎纹银盐台、银镡子、系链银头、镏金流云纹长柄银匙、茶托、茶碗、五瓣葵口高圈足秘色瓷碗以及镏金银香宝子。如此繁复精致的茶具,完整地呈现了唐代的饮茶风格。不知当时的陆羽,是否知道这些茶具的下落呢。在中国饮茶史上,唐代的饮茶方法与以前相比,要更加讲究更加精致,饮茶也由粗放进入到精工阶段,煮茶注重技艺,饮茶重在情趣。众多爱茶文人的诗文中,都记载了宾客相聚品茶论道的优雅情景。那么，作为大唐宫廷茶道，其规格之高、场面之盛、茶器之美、茶艺之精，都能从这套茶具身上窥一斑而知全豹。

哦，有着皇皇大美的盛唐啊。

现在，偶尔回乡，若坐火车，车出西安快到宝鸡时，火车飞驰而过之际，我总会忆及法门寺的那套茶具，也会禁不住想象唐代宫廷饮茶的盛大场景。

宛似松段

在一册老茶具的书里,见过一把紫砂壶的图,是陈鸣远的一把松段壶。

陈鸣远是紫砂历史上的一个异数。他既继承传统,又有所创新突破,雕镂兼长,和供春、时大彬同为三大名匠。他的这把松段壶,猛一看,若忽略了壶钮与把的话,真以为是深山老林里的半截松木。松木的纹理清晰,自带木头的气息,能把紫砂泥弄出木的气息,非常人所为。古人喝茶,宜竹下,亦宜松间,持一把这样的松段壶,在松声阵阵里,喝茶,交谈往事,该有多好。

我不知道,此壶现在何方?

若得一见,如遇古人。

白底黑花

　　小时候，家贫，想学画，却买不起彩笔，小小的画家梦就这样无疾而终，所以，色彩大世界里的绛呀靛呀，根本不知所云，分也分不清，不过，对白、黑、红却记忆尤深，比如白的洋芋花、红的窗花和对联，无数星星闪动的黑夜，至今无法忘记。这些民间物事，构成了我一生中最初也最重要的美学教育。所以，我一直偏颇地以为，白和黑似乎是最般配的颜色，朴素又简洁。

　　也许，是因了这样的经历，在磁县博物馆第一眼见到一款白地黑花的茶叶瓶时，一下子就喜欢上了，有着一见钟情的欣喜与愉悦。

　　磁州窑是宋元时期北方地区著名的民间瓷窑之一，窑址就在河北磁县观台镇与彭城镇一带，古时这里属于磁州，故名。磁州窑以白瓷、黑瓷和白地釉下黑、褐彩绘瓷为主。我见到的这款茶叶瓶，白底，白得通透清澈，而黑色的花绘于瓶身的腹部，花瓣肥大，花叶纤细，但花叶主次分明，清晰可辨，简练又生动。最讨人喜欢的是，那些花看上去开得浪漫又热烈，带着浓郁的生活气息。这样的烟火气仿佛出自一户寻常人家，甚至能让人想象到他们一家子围炉煮茶、其乐融融的场景来。

　　自此以后，我总会把用过的茶叶瓶，挑好看的留下来，像是在收藏一段美好的记忆。

茶具的家

明代的高濂，也是个大玩家。一部《遵生八笺》，内容丰富，写尽人间逍遥事，读起来也很有意思。他也算一位老茶客了，这从他出门不忘带一套茶具就能立判高下。他随身携带的茶具都恰到好处地放在他自己设计的一个提盒里，巧妙，又实用。

这场景，让人想起古代的茶籝。

在《茶经》里，籝是采茶时盛茶的工具。陆羽是这么说的：籝，一曰篮，一曰笼，一曰筥，以竹织之，受五升，或一斗、二斗、三斗，茶人负以采茶也。这也就是说，唐代的籝以竹织之，是采茶的必备工具之一。及至宋代，从苏轼的"闻道早春时，携籝赴初旭"的诗句也能大致得出判断，籝仍是采茶工具之一种。

然而，在时光的流转里，茶籝渐渐演变成一款专门存放茶具的器物。其实，贮存茶具本来有专门的工具，曰都篮，"以悉设诸器而名之"。但是，茶籝在渐变成存放茶器的过程中，也从最初的竹织发展成红木材质，而且在古代宫廷里相当流行。史载，乾隆皇帝南巡江南，就命人特制了一批茶具，然后装于茶籝当中。一款好的茶籝，茶壶、茶碗、茶叶罐、茶炉、水具，悉数收纳，方便又实用。

如此说来，茶籝，就是茶具之家，让各种大小不一、功能不同的茶具聚到一起，宛似一场别样的茶聚。

据说，北京的故宫，就藏有好几套茶籝。

我的朋友叶民，专事红木家具设计，在苏州桃花坞的工作室里，每天跟图纸、木锯打交道，这些年也获过不少国际大奖。有一次，跟他闲聊，说起古代的茶籝，他跃跃欲试，说一定要设计一款出来。不知他付诸实践了没有？我已经好长一段时间没有见到他了，苏州，也真是一座居大不易的城市啊。

辑
三

每 一 款 茶 ，

都 有 它 的 前 世 今 生

岩骨花香

清代袁枚在《随园食单》里，对其在领略武夷岩茶真趣之后的感受有过一段生动有趣入木三分的描写：余向不喜武夷茶，嫌其浓苦如饮药。然丙午秋，余游武夷山到曼亭峰天游寺诸处，僧道争以茶献。杯小如胡桃，壶小如香橼，每斟无一两，上口不忍遽咽。先嗅其香，再试其味，徐徐咀嚼而体贴之，果然清芳扑鼻，舌有余甘。一杯之后，再试一二杯，令人怡情悦性，始觉龙井虽清而味薄矣。

袁枚的无意记述，恰好说出了几百年后一个西北茶客关于武夷岩茶的心路历程。

记得初喝武夷岩茶，虽不如袁氏所说的如饮中药之苦那么难以下咽，但我那喝惯了西湖龙井、碧螺春的舌尖还是有所不适。后来，忍着浓烈之苦喝了数次，才慢慢喜欢上这浓得醇厚又悠远的茶味了。如此一波三折的经历，有点像王世贞读谢灵运的诗：初甚不能入，既入而渐之以至于不能释手——当然，于我而言，是无法释口，这种无法释口来自武夷岩茶的香是一种花木的清香，绵延不绝，经久不散，而且似有小小的颗粒在舌尖游来荡去的虚幻之感。这种虚幻感，既应验了其茶名中的"岩"，亦是看上去黝黑微卷的岩茶给舌尖带来的别样美感。这种美感，像是踏遍千山万水偶尔在一枚岩石边看到了一束绽放的兰花，既有铮铮英雄风骨，又有痴女的一腔柔情。

难怪古人对岩茶有着岩骨花香的至高评价！

当然，这与它的产地息息相关。武夷山脉是典型的丹霞地貌，有碧水丹山之美誉。

那里的山虽不高，却有高山的雄伟气魄，水亦不深，却集水景之大成。数年前只身一人深入武夷山中踏访大红袍，但见那里碧水若玉，奇峰入天，山沿水立，水随山转，翠木吐绿，泉涧细流，不愧是产茶之佳地。应该说，正是这里的山给了岩茶的风骨，水给了岩茶的风情，武夷岩茶的岩骨花香恰恰就孕育在这样的奇山秀水间。当然，与它独特的做青工艺大有关系。

一直以来，武夷岩茶颇得历代文人雅士的偏爱。一生屡遭贬谪的苏东坡认为岩茶之所以有"君子性"，是因其"骨清肉腻和且正"。此后，范仲淹、陆游、辛弃疾等历代名臣都曾通过武夷岩茶表达了他们的人生理想。而辞官隐居武夷山的元代学者兼画家杜本更是痴迷有加，以武夷岩茶自喻，用一句"纳纳此中藏，万斛珠蓓蕾"表达自己的内心高洁。而阅茶无数的清代乾隆皇帝对武夷岩茶的品鉴，则另辟蹊径："就中武夷品最佳，气味清和兼骨鲠。"一个"鲠"字，出神入化，是对岩骨的最好形容。这种鲠，既是如鲠在喉的鲠（却非食鱼时的狼狈经历），又是一股茶香在喉咙之内飘荡的空幻之感。

其实，他们喝到的武夷岩茶绝非同一门类。在武夷山，有"岩岩有茶，茶各有名"之谚语，这正是武夷岩茶的种类错综复杂的真实写照。看一册茶的杂书，我才知道，武夷岩茶的分类简直就是一门艰深的学科，一般人轻易弄不懂。以我的记忆为例，我喝过的武夷岩茶里，铁观音和大红袍居多，其次，要算水仙、乌龙、奇兰、桃仁和铁罗汉居多了。

  数年前的秋天，浪迹福州，在一家古朴的茶楼里喝过正宗的岩茶，除了其品质的高远之外，我还深刻地体味到了喝茶的仪式感。那次，是在福来茶楼里喝水枞，我依稀记得有十八道程序，它们依次是：焚香静气、叶嘉酬宾、孟臣沐霖、乌龙入宫、悬壶高冲、春风拂面、重洗仙颜、若琛出浴、关公巡城、韩信点兵、三龙护鼎、鉴赏三色、喜闻幽香、初品奇茗、再斟兰芷、三斟石乳、领略岩韵、自斟慢饮。这些四字句连在一起，就是品饮武夷岩茶美妙的过程——现在，请允许我用一种力所能及的简洁之句依次说出它们的大意吧：营造一个幽静的气氛；赏茶；烫洗茶壶；置茶于紫砂壶内；用盛开水的长嘴壶提高冲水，使茶叶翻动；用壶盖轻刮表面的白沫，使茶清洁；用开水浇淋茶壶；用第一道茶水烫洗茶杯；往杯中斟茶水，以免浓淡不匀；壶中茶水剩少许后茶汤较浓，故分别往各杯中均匀巡回点斟，以利浓淡均匀；用拇指和食指扶住杯身、中指托住杯底；认真观看茶水在杯里的上、中、下的三种颜色；闻茶香；品茶；再次斟茶；第三次斟茶；慢慢品悟武夷岩茶之深远韵味；海阔天空，吟诗酬唱，趣味怡然。

  ——这样的经历，对于一个久居西北的人，隆重得几近荒诞了。而如此隆重的仪式感让人不禁觉着武夷岩茶像是中国古代的知识分子，如果这个比喻成立的话，那袁枚以为味薄的西湖龙井就有点小家碧玉的意思了。

碧潭飘雪

二十年前，两个成都人在宽巷子或者窄巷子碰面了，总会问一句："喝三花茶了么？"以这句话当作问候语的，成都的民间，也流行这样一句话："喝口三花茶，摆哈老成都。"

三花茶是什么茶？

这个"三花茶"不是大家所熟悉的加了金银花的药用茶，而是当年的成都花茶厂和洪河花茶厂生产的茉莉花茶。三花茶是老成都人的一段遥远记忆了，那时候单位发福利，就有三花茶，三花茶像是成都人待客的饮料，老少咸宜，家家都喝。实际上，三花茶的制作并不复杂，就是茉莉花加炒青茶，并依次分成了特级、一级和二级等不同种类。现在，三花茶都消失了，所以，现在的成都人就改喝碧潭飘雪了。

碧潭飘雪之所以能替代老三花，就因为它也是花茶。

说到碧潭飘雪，不能不提此茶的创始人：徐金华。他是成都新津人，工于种茶制茶，1993年，他将高山云雾细嫩鲜芽与优质茉莉鲜花采用传统工艺精心窨制，茶味清香浓郁，以其品质特点命名为"碧潭飘雪"。其实，也可以说碧潭飘雪是蒙山茶跟茉莉花的一次完美结合。上好的碧潭飘雪的茶叶，采自明前的嫩芽，或独芽，或一芽二叶；因为茉莉花的花期主要在夏季，所以在制作之前，采来的嫩芽要在冻库里经历一番等待的。这个过程，对于芽叶来说，像是一个待嫁的女子，会有幸福之感。碧潭飘雪的茉莉花，以四川龙泉、夹江、犍为等地的为主，偶尔也有来自云南、广西一带的，但均须取花层较多的为佳。制作时，茉莉花和明前的茶芽要多次回锅混合，一般要以五次为宜，前四次的混合主要是用于茶叶吸收香气，然后全部舍弃，而第五次混合的茉莉花才是最后留在碧潭飘雪里的茉莉花，有点大浪淘沙的惊悚之感。

可能是茶叶已经吸收够了香味的原因，冲泡后的碧潭飘雪香气扑鼻，茶汤黄亮清澈，朵朵白花漂浮其上犹天降瑞雪。这也有助于茶客更直接地去理解和顿悟徐金华如此命名的深意了：碧者，茶之汤色，潭者，茶碗也，飘雪，当然就是茉莉花瓣浮漂水面。连在一起，就是清新透亮的绿色茶汤上漂浮着白色的花瓣，茶香花香轻淡似风，却又能经久停留于唇齿之间。

四川的茶，我喝得多的是碧潭飘雪和竹叶青。竹叶青风骨铮铮，而碧潭飘雪天生丽质，一个汤色碧绿，一个颜色明黄，品质上一刚劲一阴柔，如同四川大地上并排走来两个身影：一个是仗剑行走的侠客，一个是望断天涯的美女。

在我生活的这座北方小城里，茶园开遍了大街小巷，但座上宾常常是嗜财如命的麻将客。当然，若喝一杯碧潭飘雪，还是有的。可能是没有掌握存放技术或者是茶品低劣吧，碧潭飘雪的茶香总是被一股粗俗而浓烈的花香给淹没了，像是一个格调低下、浓妆艳抹的女子突然出现在你面前。更有意思的是，我发现他们在制作精美、款款茶叶价格不菲得有点离谱的茶单上，碧潭飘雪居然跟黄山毛峰、西湖龙井列入绿茶之列，这要算碧潭飘雪在北方遭遇到的更离谱的事了。

太湖白云

太湖我去过，那是中国的第二大淡水湖，当然这是因了湖南洞庭湖湖面缩减而跃居第二。其实，即使太湖排在第三，也不能否定它的物产丰富，比如，太湖三白的名声早就闻名遐迩。我现在要说的太湖白云，它不是太湖三白以外的另一款湖鲜，当然更不是太湖上空的朵朵白云——如果要拿白云比试的话，可能呼伦贝尔草原的白云或者西藏的白云更招人喜欢些。

太湖白云是什么呢？

一款茶而已。

它是1988年由江苏溧阳上黄林茶场与商业部杭州茶叶加工研究所联合研制而成的一款新茶。黄林茶场三面环湖，植被茂密，湖中水汽浸入，蔚成云雾，四时不绝，而且，通透性强、呈酸性的土壤也为茶树的生长提供了得天独厚的优势，这也是一家茶业研究机构据此为基地的得天独厚之处吧。去年，有朋友从南京来，专门给我捎带此茶，细观之，有雨花茶的形状，又有洞庭碧螺春的白毫，这也是此茶的独特之处。细细品之，汤色杏绿明亮，香味持久。有意思的是，听朋友讲，此茶鲜叶于糜烂前采摘，且以一芽一叶为规范，最好不过的，当是芽与叶等长。如此严格甚至有点百里挑一的采摘要求，注定了茶香的绵长有味。

据说，南京秦淮河边有一茶楼，名曰太湖白云。2009年春夏之交，有幸南下，遂慕名踏访，终于在那里的一把竹椅上卸下了一路风尘。茶楼并不像传说中的那么清远幽静，但还是有闹中取静的意思。从熙熙攘攘的人流里跨过拱形圆门，就是茶楼的大厅了。去的时间正好，茶客稀少，故有机会选了大厅靠左一个呈六角形的品茶亭，把卷起的竹帘拉下来，就有了与世隔绝之感，似乎滚滚红尘都还停留在秦淮河边。不大不小的茶亭里，只剩下两个刚刚在太湖边回来的人了。

在太湖白云茶楼，当然要喝太湖白云茶了，就像在西湖边就得品品西湖龙井一样。

茶过三巡，偶尔斜目，居然发现了一枚呈橘黄色的天然陨石屏风，上书"太湖白云名茶"六个大字，有嫩绿色的柳叶自上而下垂着，古意盈盈，令人顿生身临太湖之境。屏风右侧，横置一个棕色的多宝阁，每个格子里都有一枚精巧的紫砂陶罐，罐内存各地名茶。

回到茶亭，闭目闲坐，有音乐响起。清一色的轻音乐让人有昏昏欲睡之感。我倒是希望能听到阿炳的《二泉映月》，可惜没有。如果我是茶店老板，我会循环着只放一支曲子，那就是《二泉映月》，这反倒会在经济效益和品牌建设上更具有吸引力。后来我想过，如果能在太湖茶楼里听一曲《二泉映月》，那么，太湖白云的茶楼，太湖白云的茶以及传唱于太湖一带的风雅之曲，它们简直就是一面浓缩的太湖了。说这么多，我还是不知道太湖白云茶与太湖白云茶楼究竟有什么样的关系。也许，它们本是风马牛不相及，只是因了我的江南之旅才将它们连在一起,像是把两枚南北各异的珠玉系在同一根丝绸上了。

  此后,一起喝过太湖白云的朋友相忘江湖了,我也再没喝过太湖白云,像音讯杳然的朋友,有风流云散的怅然之感,常常袭上心头。而我将驱逐这种怅然之感的办法,就是去翻阅吴冠中的木板油画:《太湖鹅群》。此画作于1974年,当时他来苏州写生。湖光山色里的嬉戏喧闹、拥挤争食的鹅群激发了他的灵感,他遂记录下了鹅群充满活力、富有节奏的场景。可我偏偏记下了他画笔下那叶渔舟中的炊火和高高晾晒的衣服,浓郁的草根气息,令人想起两句古诗:太湖群鹅鸟飞尽,暧瑗白云已消尽。

三台之上

唐代茶马互市的兴起和茶马古道的日渐形成，让边关之地少数民族的日常生活，除了"饭后"，还有了"茶余"。但茶流入边地，并非毫无取舍地饮用，而是与当地的饮食之风杂糅相间，互相吸收。比如奶茶，比如酥油茶，都有鲜明的民族特色。

当然，还有三泡台。

三泡台是茶在西北地区与回族的饮食之风相结合后而形成的一种独树一帜的茶品。其名之来历，源于茶具——三泡台的茶具颇有古风，由茶盖、茶碗、茶托三大件组成，故为"三泡台"，亦叫盖碗茶。然而，其名虽得之于茶具，但过人之处则在茶料。一杯讲究的三泡台，茶要以春尖茶或者云南下关沱茶为佳，然后，配上上等的菊花和优质的冰糖，并以福建的桂圆、新疆吐鲁番的葡萄干、甘肃临泽小枣与荔枝干、宁夏的枸杞、甘肃镇原的杏干为佐料。这些特产，皆为地方特产，它们从辽阔的祖国大地的四面八方齐刷刷奔赴而来，像是赶一场盛宴似的，想想，这是多么有趣的一件事。其实，这场盛宴，就是三泡台。如此繁复的佐料与茶配在一起，像是完成了茶与中国传统文化养生之术的一次完美的结合。粗通中医的人就会知道，桂圆可补益心脾、养血安神；葡萄干可止血、消肿、利尿，枸杞滋补肝肾，益精明目，菊花散风清热，平肝明目，杏脯止咳平喘、生津润肠，而红枣像是一个大管家，可以调和诸种佐料的功效。

但喝一杯三泡台，绝非喝药，亦是喝茶，且古意盈盈。鲜绿的茶叶如沉鱼落雁，落

终朝煮茶，七碗生风

于杯底，深褐色的桂圆和金黄色的菊花如春花般绽放在水面，零零落落的枸杞忽上忽下，红枣和杏脯呢，仿佛两个闲人，斜靠在茶铺的垫子上，看一眼，红紫绿白，应有尽有，一派盎然生机。持碟深呷一口，茶之香、干果之香，还有冰糖的甜融为一体，能够浸透人的每根神经。

三泡台对水的要求，不高也不低。不高之处，在于不似某些娇气的茶，非得用惠山泉龙井泉的水冲泡，不低之处在于要以牡丹花水冲泡。牡丹花水与牡丹无关，也并非什么难寻之水，只是把水煮沸得像盛开的牡丹花一样，就行了。说到底，这其实是对水温的要求。

这些年，外地人一提起甘肃的兰州，就会神经反射地想到牛肉面，想到《读者》杂志，其实，这座城市还是一座三泡台的城市。漫步大街，随处可见茶社、茶庄的店招，尤其是城南的五泉山和城北的白塔山一带，茶社一家连着一家，三个一伙五个一摊地在一张张条几和折叠椅上，滋润地品着三泡台。偶尔经过，侧耳一听，就能听见吸得"嗞——嗞——"的声音。喝三泡台的绝佳之处，却在黄河上的茶船上。或邀三五良友，或只身一人前往，稳坐黄河之上——当然是稳坐在用一根结实的缆绳固定下来的黄河茶船之上，喝一声"伙计，来杯刮碗子"——刮碗子是三泡台在兰州话里的俗称——就会有茶船上的小厮给你端茶端水。然后，像稳坐钓鱼台之上的姜太公，看风轻云淡，看车来车往，耳边隐隐传来的是黄河岸边一些练嗓子的老人吼出来的秦腔。

这份闲淡，与采菊东篱下有着异曲同工之妙。

据说，三炮台最好的茶具要数陕西的蓝田玉，质地坚硬，色彩斑斓，光泽温润，纹理细密，杯盖为天时杯，盘为地利杯，杯身为人和杯，天时地利人和俱全，与三炮台之名暗暗相契。当然，这已是茶道的一部分了。而我更喜欢这样的场景，在一户西北大地普通的回民家里，一家人早晨醒来，围坐于火炉四周，一边喝一杯三炮台，一边烤上几片馍馍或者吃点馓子。

如此其乐融融的情景，在我几年前浪迹西北大地时常常遇到。

顾渚紫笋

唐大历五年（770），官方在顾渚建草舍三十余间，引金沙泉水制作贡茶。每逢春三月采茶时节，湖州刺史都要奉诏亲赴顾渚茶山督促茶事，然后把明前的茶赶在清明之前匆匆送往朝廷。据说，唐代湖州刺史裴充被革职的理由很简单，就是因为没有按期给朝廷送去急程茶。他一定心里憋着一股气，要是在别的地方为官，也就没这档子事了。

可他偏偏是湖州刺史啊。

急程茶，就是顾渚紫笋的极品。

彼时，作为贡茶的紫笋，分五等，依皇室规定，第一等是必须要确保在清明前送抵长安的新茶，以用于祭祀宗庙。这一批上贡的茶就是"急程茶"。《吴县志》记载，湖州的当地官员为了赶制急程茶，每年立春前后就要进山，进行全程监督，以保证按期保质地完成任务。因为交通的不便，而且从湖州到长安相距约4000里，为了保证贡茶如期送到，送茶队伍常常在清明前10天就起程。古诗里的"十日王程路四千，到时须及清明宴"，说的就是这段历史旧事。

顾渚紫笋，产于浙北湖州长兴的顾渚山一带，因芽叶微紫、嫩叶背卷似笋壳而得名。实际上，其名得于陆羽的《茶经》。相传，茶仙陆羽于唐大历年间在顾渚茶山设置茶园，亲自采制品尝，并撰有专门叙述顾渚山茶事的《顾渚山记》一卷，惜今散轶。但他在《茶经》里却言之凿凿地写下了顾渚紫笋："紫者上，绿者次，笋者上，芽者次。"陆羽发现此茶品格高于其他茶叶，遂鼎力荐给皇帝，在得到认可之后便御封为祭祀专用茶——我对这样的野史稗闻是怀疑的，在等级森严的古代，一介隐士陆羽才学满腹，也未必有通天的本领让皇帝知晓一二吧。

不过，从唐代广德年间（763—764）起，顾渚紫笋被列为贡品，是确信无疑的。直到明代洪武八年（1375）方才罢贡，历时长达600余年，其贡奉历史之长，在贡茶中唯有蒙顶茶与之比肩。作为贡茶的顾渚紫笋，其地位大约相当于现在的茅台酒吧。在这荣光纷披的漫长历史中，它的制作方法也经历了饼茶、龙团茶和散茶的过程，做青工艺也由蒸青改为炒青了。令人匪夷所思的是，满清入关之后，顾渚紫笋却莫名其妙地消失了，一款千年名茶成为空谷足音了。然而，庆幸的是，20世纪70年代，有痴情茶人悉心培育，再结前缘，使其重放异彩。

与顾渚紫笋的贡茶地位息息相伴的，就是它一直是文人雅士之间的嗜好之物。

当时的湖州与常州刺史为了交流贡茶经验，在顾渚山上设有"境会亭"。茶季一到，两州官员就会相聚"境会亭"，执茗相谈，共商茶事，一度传为美谈。有一年，在苏州做官的白居易因病不能赴会，遗憾丛生，遂赋诗一首以记其事，诗题曰《夜闻贾常州、崔湖州茶山境会亭欢宴》。而唐代吴兴太守张文规亦曾赋诗写过紫笋贡茶，但他写得别有风趣。诗曰：凤辇寻春半醉回，仙娥进水御帘开。牡丹花笑金钿动，传奏吴兴紫笋来。大意是说，皇帝对湖州顾渚紫笋特别喜爱，所以，宫女一听到顾渚紫笋运至宫内，就跑去给皇帝禀报。想想，唐代的紫笋茶都快要和食色性达到同一级别了。

2008年春，我踏访浙西湖州的长兴县。长兴东临太湖，南、北、西三面环山，据说全县大大小小有300余座山峰，山区云雾弥漫，土壤以黄、红壤和石沙土为主，十分适合茶树的生长。穿行于长兴以坞为界的山峦时，见其形如畚斗，叠岭垂嶂，植被丰富，竹海连绵，大涧中流，太湖水汽沿谷底升腾而上，空气湿润，仿佛置身于一派仙境。

而我喝到的极品紫笋，也证实了这一点。

初观之，茶叶相抱似笋，茶芽嫩长，形似兰花，银毫显露。此行幸运的是有湖州诗人相伴，遂有机缘，用金沙泉的水，用长兴产的紫砂壶泡，喝紫笋茶，果然如古人在《品茗》里所坦言，"金沙水泡紫笋茶，色泽翠绿，兰香味甘，齿颊留香，口感浓郁"。依我一个北方茶客的经历来看，顾渚紫笋的妙处，在其有清远的兰蕙之气。据说，在长兴品茗有三绝，紫笋茶、金沙泉、长兴紫砂壶。

这一次，我全碰上了，幸也幸也。

剑潭雾毫

2010年的冬天，我生活的甘肃天水这座西北小城连一场雪都没有下，干冷干冷的，冷得人都不爱出门了，晚上猫在家里，不是读书写字，就是看电视。现在的电视剧市场鱼龙混杂，好看的少。但今冬却遇上了一部徽商大戏《新安家族》，是根据作家季宇的同名小说改编而成的，看起来还不错。似乎央视里的几部反映古代商帮的剧本都不错，比如有关晋商的《乔家大院》，再比如鲁商的《大染坊》。在《新安家族》里，茶，也是推动情节发展的力量之一。为什么？因为徽商和徽文化的底色里，可谓茶迹斑斑——不少发迹的徽商，都是靠茶叶赚得人生的第一桶金。

情节跌宕起伏的《新安家族》里，有一款名叫剑潭雾毫的茶。

我一直记得这段情节：程天送为了见到剑潭雾毫的茶树，来到剑潭山区，每天勤快地为持有剑潭秘方的六叔公扫地挑水。六叔公被程天送的诚心实意真正打动之后，就答应了程天送的请求，将亲手绘制的剑潭茶山图送给了他。告别六叔公回到汪宅的程天送，买下整整十个山头，开始实施大规模种植剑潭雾毫茶树的宏伟计划。正是剑潭雾毫的种植，让一度陷入窘境的汪家再次焕发生机，被遣散的职员重新回来，汪家执掌的鸿泰总号又恢复营业。如果没有剑潭雾毫的出现，情节的走向肯定会是别样的结局。不过，你千万别以为这是编剧用一款茶来赚取观众的泪水，其实，人世间还真有剑潭雾毫这款茶。历史剧在某种程度上契合历史事实，也是它的基本准则。

终朝煮茶，七碗生风

扯远了，还是说剑潭雾毫吧。

此茶产自歙县石潭，其叶扁平，光滑匀整，立似宝剑，茶树多出于高山云雾之中，又叶茸毛多，故名剑潭雾毫。冲泡剑潭雾毫，以山泉水为佳，这也符合古代"山水上，江水中，井水下"的茶论。用山泉水泡开的剑潭雾毫，毫尖显露，茶条肥硕，汤色橙黄，香气清高，叶底成朵，滋味醇厚，甘甜爽口。遗憾的是，数年前踏访皖南宏村，途经歙县，时间匆匆，没有绕道去喝一杯。

若有一天，选一款歙县的好砚，用一支贺兰山的狼毫笔，在清雅的书房里随心所欲地写字画画，不闻窗外世事，是多好的书生时光呀。书案一册，有一把藤椅，藤椅旁的松木茶盏上有一杯刚刚泡好的剑潭雾毫，冒着热气，就更好了。

敬亭绿雪

诗人李白浪迹江南时,多次到过宣州。在宣州,他常常登临一座山,山曰敬亭山。他在那首脍炙人口的《独坐敬亭山》里是如此写道:"众鸟高飞尽,孤云独去闲。相看两不厌,只有敬亭山。"读这首诗,我突然就觉着,与敬亭山对视良久相看不厌的李白,一定不是喝酒,而是在喝一杯茶。

他一定在想,茶能醉我,何必当酒呢。

他喝的也一定是敬亭绿雪。当然,那时候还不叫敬亭绿雪,敬亭绿雪是明代以后的叫法。不过,李白喝的一定是宣州当地产的茶,此茶也该是敬亭绿雪的鼻祖。敬亭山是黄山和九华山的一道支脉,最早叫昭亭山,晋初泰始二年(266),为了避晋文帝司马昭名讳,改"昭"为"敬",遂名敬亭山且相沿至今。敬亭山区,岩谷幽深,山石重叠,云蒸雾蔚,日照较短,气温湿润,茶园多分布于山坞之中,竹木荫浓,阳光遮蔽,乌沙土肥沃疏松,茶树枝条生长繁茂,芽叶肥壮鲜嫩。而这里的产茶史可上溯到公元2世纪左右。其中以产于敬亭山之北的敬亭绿雪最为著名。除此之外,敬亭山一带还有"高峰云雾"和"水东横纹"等名茶行世。

据《宣城县志》载,"敬亭绿雪"在明清久负盛名,作为贡茶,每年进贡300余斤。清康熙年间,宣城籍大诗人施润章在京都翰林院修撰明史,饮毕敬亭绿雪后赋诗称赞:"馥馥如花乳,湛湛如云液……枝枝经手摘,贵真不贵多。"此后,敬亭绿雪大约于清末失传。现在的敬亭绿雪，是1972年安徽敬亭山茶场历经七年之久研制而成，并与黄山毛峰、六安瓜片成为安徽三大名茶。

敬亭绿雪的身上，附会了不少传说。其中一则讲到，古代的敬亭山麓，有一位名叫"绿雪"的姑娘，心灵手巧，心地善良，她年年都要采摘敬亭一带的山茶，换钱为瘫痪在床的母亲治病。这种山茶，只有山顶绝壁处才有。一次，采茶姑娘看见悬崖绝壁的一株茶树枝叶繁茂，新叶鲜嫩欲滴，可当她去采时却不料脚底一滑，坠落山崖。她背篓里的茶叶像满天飘舞的雪花，洒落于敬亭山的万千沟壑。这些茶叶落地生根，见风就长，很快长成一片翠绿茶园。人们为纪念这位勤劳孝顺的姑娘，遂将茶取名"敬亭绿雪"。

实际上，敬亭绿雪名字的来历，比较科学的说法是，冲泡之后，朵朵茶叶，垂直下沉，那披附于茶叶的白毫亦随之徐徐飘落，仿佛雪花纷飞。这种取其形似的方式，也是不少茶叶的命名之法。而敬亭绿雪的茶香，因小环境的差异而有所不同，分为板栗香型、兰花香型和金银花香型。有一首诗大致能形容失传之前敬亭绿雪的特点："形似雀舌露白毫，翠绿匀嫩香气高。滋味醇和沁肺腑，沸泉明瓷雪花飘。"

紫气东来

相传，老子抵出函谷关时，时任函谷关令的尹喜，见有紫气从东弥漫而来，便知有圣人将至。这件充满神秘色彩的故事，在《列仙传》里有鼻子有眼地记载了下来："老子西游，关令尹喜望见有紫气浮关，而老子果乘青牛而过。"尹喜是甘肃天水人，在我看来，他简直就是一个伟大的预言家。

其实，这则故事也正是紫气东来的来历。

我现在要说的紫气东来，则是一款茶的雅称。初听茶有此名，不免浮想联翩一下，就想到尹喜。古代文人的书房多雅号，给一款茶取一个雅号，还真算新鲜的事。可是，紫气东来偏偏就是紫鹃茶的雅号。

紫鹃茶，想必一般的茶客不一定喝过，它是云南大叶群体茶树品种中的一种特异品种——说白了，它是普洱茶的一个变种。它的历史也较短，是云南茶科所的科技人员于1986年经过无性繁殖而繁育出的。别有趣味的是，命名此茶时依《红楼梦》中林黛玉的贴身丫鬟紫鹃及茶树紫色的特点，取名紫鹃。《红楼梦》里的林黛玉，有两个贴身丫鬟：雪雁和紫鹃。雪雁是林黛玉从南方带来的，刚到贾府时十三岁，一团孩子气，贾母见她大概是不顶事，就派了自己手下一个二等丫鬟鹦哥（后改名紫鹃）前去服侍黛玉。后来，紫鹃成了黛玉身边十几个女仆当中地位最高的一个，堪称与鸳鸯、袭人等人地位相当的"首席大丫头"了。我猜想，这位命名者一定是位"红迷"吧。而且，之所以取紫鹃而舍

终朝煮茶，七碗生风

雪雁，一方面是此茶本身呈紫色，另一方面，一定与《茶经》里的"茶者，紫者为上"有关吧。

上品的紫气东来，用料讲究，全部选用一芽一叶的料来压制，这也在客观上决定了它的外形特征是条索细小，而芽尖又很是显露。品饮起来，汤色浅紫明亮，叶底靛青，栗香浓郁，滋味浓醇，可至颊齿留香之境界。据说，此茶还有保健功效，可降血压，可防衰老，甚至能抗癌，这也是颇得消费者青睐的理由之一——其实，它最大的美感在于能让人在想象中恍惚觉着有一位宛如从《诗经》年代里走来的女子，有着普洱茶的美德，又分明透溢着一份雅静。

写作此文时，恰好在读一册知性女子写茶的闲书，书曰《品茶读女人》。此书集结了王旭烽、马莉等作家的品茶心得。我忽生一想，想斗胆建议那些喜欢化浓妆喜欢进美容院喜欢看韩剧的女人，闲下来的时候，案头泡一杯紫气东来，翻翻这册闲书，既有益身体，亦陶冶心灵，不亦快哉。

庐山云雾

古人有五岳归来不看山的游历体会，其实，这话说得极端了。古人常常会说一些极端的话。至少在我看来，古代的庐山就是五岳以外一座可观可游历的大山。就连见多识广行万里路的大诗人李白也曾说过，"余行天下，所游览山水甚富，俊伟诡特，鲜有能过之者，匡庐真天下之冠也"。匡庐是庐山的古称。其实，早在古代，庐山的名气就已经很大了，颇得历代文人的交口赞誉，甚至在他们看来，宇内之山，唯有庐山可与五岳平起平坐。

而庐山的种茶史，始于汉代。

据《庐山志》记载，东汉时，佛教传入中国，僧侣便结舍于庐山。当时庐山之上的僧院多达三百余座，僧侣云集。他们"攀危岩，冒飞泉。更采野茶以充饥渴。各寺于白云深处劈岩削谷，栽种茶树，焙制茶叶"。至东晋，庐山成为中国佛教的一个重要中心，高僧慧远率领徒众在山上居住三十多年，山中栽有茶树。而唐代大诗人白居易在庐山香炉峰结庐而居，亲辟园圃，植花种茶，为庐山之茶在文人雅士间的广泛传播起到了推动作用。这位大诗人曾用这样的诗句怀念那段快意时光："药圃茶园为产业，野麋林鹤是交游。"后来，明太祖朱元璋曾屯兵庐山天池峰附近，至其登上王位，庐山之名也更为煊赫，庐山云雾茶的名字正是在这时候叫开的。明代万历年间的李日华《紫桃轩杂缀》云："匡庐绝顶，产茶在云雾蒸蔚中，极有胜韵。"至清代，李绂在其《六过庐记》里是这样记载的："山中皆种茶，循茶径而直下清溪茶园。"足见当时的茶之兴盛。

这些大概要算庐山之茶可圈可点的历史了。

匡庐之山，真是云的世界。庐山云雾，像浩瀚波涛，似轻盈薄絮，千姿百态，变幻无穷，一如太虚幻境。大诗人苏轼"不识庐山真面目"的感叹，依我看，与庐山的云雾大有关系。想想看，云遮雾绕的庐山，岂能一下子看清它的模样？不过，历史上还是有人一直在为之而努力。据说，清代一位学者，为了探求庐山云雾的奥秘，曾在庐山大天池整整观看云海100天。他对"一起千百里，一盖千百峰"的庐山云雾爱如性命，自称"云痴"，恨不得"餐云""眠云"，可见庐山云雾是多么令人心醉。

所以说，庐山之茶，取名庐山云雾，再恰当不过了。

2008年秋天，我云游庐山时，长相漂亮的导游姑娘却告诉我，庐山云雾的名字来自于传说。相传，花果山上自居猴王的孙悟空，吃腻了仙桃仙果，也喝腻了仙酒，就"饱暖思淫欲了"——突然想喝喝王母娘娘的仙茶，于是去王母娘娘的仙茶园里偷来茶籽，种在花果山上。正值金秋，茶树结籽，就在孙大圣不知如何采集茶籽时，恰有一群多情鸟飞过，答应为他采集茶籽。多情鸟衔着茶籽飞往花果山时，途经庐山上空，被庐山的美景吸引住了。领头鸟禁不住唱起歌来，领头鸟一唱，其他鸟也跟着唱，茶籽纷纷从嘴里透过云雾掉入庐山群峰的岩隙中，从此，庐山遍布茶树，这也就是庐山云雾茶的由来。

显然，这只是一个附会，但导游讲得有声有色。

其实，最早的庐山茶不叫云雾茶，而叫"闻林茶"，大约在明代才改叫"庐山云雾"。我曾见过极品的庐山云雾，芽壮叶肥，白毫显露，色泽翠绿，开泡之后，幽香如兰，滋味深厚，汤色明亮，回甘香绵，实为绿茶精品。据科技人员称，云雾的滋润，可以促使芽叶中芳香油的积聚，使叶芽保持鲜嫩，故能制出色香味俱佳的好茶。正是因了这样的气候条件，庐山云雾茶要比其他茶采摘时间较晚，一般在谷雨至立夏之间开园采摘。

而在我看来，庐山云雾的禅茶相通，可能要算它的典型特征了。

从最早始植茶树的山僧到名僧慧远以及后来历代文人的介入，庐山云雾的发展史，简直就是一部庐山佛学的发展史。

别有风趣的是，云雾茶的极品，却叫钻林茶。

《庐山志》有载，庐山云雾茶"初由鸟雀衔种而来，传播于岩隙石罅……"。"衔种而来"的鸟雀一边飞，一边发出"门内加身"的鸟叫声，这种叫声，音同衡人乡音言里的"钻"，于是乎，后来直接称为"钻林茶"。

据说，现在庐山一带的老人，仍有人于春末夏初，入林寻茶，不知是否当真。

青山绿水

鲁迅先生在刊于一九三三年十月二日《申报·自由谈》上的《喝茶》一文里说,"什么是好茶?小苦微甘即好茶!"看来,他的标准,是既要"小苦",还要"微甘"。这不免让人开始无端猜测,这位常常横眉冷对人世万物的老人,究竟喜欢什么茶?

我想,若不是铁观音,应该是四川的青山绿水吧。

而我知道世间还有青山绿水,是前几年春天的事。一日无事,去逛街,经过一茶店,就逛进去了。这也是我最近几年的一点小小雅好。在一间装饰雅静的茶店里赏茶,也是美事一桩,至少比看车来车往人流如织要轻松不少——尽管北方的茶店里经营的多是陈茶,远不如南方鲜茶上市时那么好看。就是那次,我看到了青山绿水的标签,与西湖龙井、洞庭碧螺春并排摆在一起。

茶细看了,一般,只是实在太喜欢这个名字了。

与一罐青山绿水不期而遇,也真是一件甜美的事。回来查书补课,才知道青山绿水偏偏是与苦有关的苦丁茶的一种。苦丁茶主要有两种,一是产于海南、广西一带,是大叶苦丁茶,一种产于四川等西南一带的小叶苦丁茶。青山绿水,即是小叶苦丁茶的一种,而且因其采自苦丁茶里最嫩的芽,所以小苦、微甘,是我国南方老百姓长期饮用的一种清热茶。喝苦丁茶是颇有讲究的——因其苦——叶子不能老泡于水里,一般只泡一片,泡一会拿出来,置于另一茶杯,等苦味淡了,复置其中,一般一片叶子就能泡一天。

据说，产于四川青城山一带的青山绿水，最佳。想想，也有道理。唯如此才算没有辜负那片好风光。常饮此茶，据《本草纲目》记载，"煮饮止渴明目，消炎利水"。而且，近年来的药学研究结果表明，此茶具有清热解毒、降火消炎的功效，能降低胆固醇，改善血液黏稠度，对高血压、动脉硬化、冠心病、咽喉肿痛、急慢性肝炎有明显疗效。当然，更有人已经具体到它的锌含量，据说是普通绿茶的两倍多。所以说，青山绿水更像是一种保健茶，被不少白领女士狂热般地爱上了，因为喝了不上瘾，也不失眠——因此，青山绿水还有一个名字：绿色黄金。

可这样的名字实在是太俗了。

我只是一介普通百姓，也买来喝。我发现，青山绿水给我最大的妙处，是能提供一点遐想的画面感，选一只透明的玻璃杯，看青山绿水的茶片在杯中升腾起舞，细细的叶子慢慢舒展开来，汤色也渐次变青、变绿，清澄透明得像是一个春天的早晨，一个被青山绿水掩映着的乡村清晨。除此之外，它的名字着实令人喜欢，仿佛你的身后就是青城山一带溪水淙淙群山连绵的青山绿水。

也许，喝茶的至高境界，就是让人放下俗念，心间拥有一片青山绿水的世界吧。

雪水云绿

浙江桐庐我没去过，但我读过吴均的《与宋元思书》，而且对"奇山异水，天下独绝"的精短句子倒背如流，所以，富春江边富阳至桐庐一带的美丽风光，既粗知一二，也常常生出一份心向往之的莫名冲动。可人生太短，美景太多，哪能都赏玩一番呀，如此迂回一想，也就不至于黯然神伤了。再说了，我喝过桐庐名茶：雪水云绿——喝一款茶，如同出了趟远门去游山玩水似的，这也是我这两年的胡思乱想。

2010年春天，杭州日报的副刊编辑韩斌快递来一大盒杭州七宝，打开一看，有茶，本以为是西湖龙井——偏不是，却是雪水云绿——恕我孤陋寡闻，这是第一次知道杭州七宝。之前听过宁夏五宝，却不知物产丰富的西湖之滨居然还有七宝。自然，这也是我第一次知道人世间还有雪水云绿的茶。我对于南方风物命名中的雪，一直存有怀疑，明明是多雨之地，偏偏要以雪命之，何也？这大抵是湿润之地的中国南方丰富想象力的一部分吧。

桐庐名茶雪水云绿，也许就是来自于一次合理想象的命名，或者说，不是想象奇特，而是对这一带的山水风光进行了一次对号入座。从吴均笔下可知，这一带峰峰相连，满目青碧，苍翠可滴。有深峻之山，则必有缭绕云雾，如此者，产茶胜地遂成。而雪水绿，就是这种自然风光的产物。

从吴均生活的南北朝算起，迄至明代之间，自然环境的破坏一定没有现在严重，所以，这里的产茶环境也就一直保持着良好的生态环境，也算是真正的可持续发展，所以，明代的李日华在其《六研斋笔记》里也有所记述。事实上，早在宋代，雪水云绿已经是贡茶之一了。我猜想，雪水云绿能作为贡品，可能与其形似银剑出鞘，茸毫隐翠有关，也与其汁色嫩绿明亮、茶汤清香甘甜有关。我曾仔细观察过雪水云绿在茶杯里的变幻模样：入水前，形似枚枚岫玉，又如翡翠短剑；入水少许，则如仙女散花，根根飘逸而出。待啜饮之后，不是大肚能容天下之事，而是胸怀富春江畔的林间香气，任凭其馥郁缭绕，三刻不绝。当代书僧月照曾这样描写雪水云绿："雪山高万丈，泉水飞龙潭。天堂云雾露，孕育嫩绿香。"依我看，这是从人文地理的文化角度客观分析了桐庐县新合乡的雪水、天堂二地所产的雪水云绿之所以能成为茶中珍品的缘由吧。

据说，赵朴初先生生前最爱喝雪水云绿。

我虽不敢比肩于大师，但在喝茶品茗上有着同样的心生欢喜也不是媚俗之举吧。而且，可能是因了桐庐山水的缘故，也因了吴均在《与宋元思书》里写下了望峰息心窥谷忘返的内心独白，每每啜饮朋友不远万里从西子湖畔寄来的雪水云绿时，我真想退隐于富春江畔的深山孤岛，隐姓埋名，砍柴垂钓。而我这样的"中国梦"，恰恰与雪水云绿的命名者卢心寄的经历不谋而合。有一次，听杭州茶博馆的朋友讲，卢心寄20多年前就隐于翠浓若滴的桐庐山中，专事茶事，终成正果。据卢先生坦言，雪水云绿四字皆有出处，既符合茶乃南方之嘉木的茶者秉性，亦融入了中国茶文化里清寂高洁的精神。这样的精神，又与中国古代隐士的风范一脉相承。所以，我常常在想，古诗词里的"人人尽说江南好，游人只合江南老"的"江南"，应该就是桐庐这样的地方吧。

九曲红梅

茶都在哪里?

杭州!

杭州有什么茶?

当然是西湖龙井!

碧波万顷的西湖以及西湖龙井,已经是杭州逢人就想塞出去的名片。但是,每年春天,不知有多少游客上当受骗于假冒的西湖龙井,估计多得无法统计。正宗的西湖龙井真是好喝,浓郁的豆香味里氤氲着一座山水之城的美妙气息。但杭州还有一款茶,早在民国时期就跟西湖龙井齐名,它就是九曲红梅——1915年,九曲红梅得过巴拿马万国博览会的金奖,这也是茶界比较权威著名的一个奖项。只是后来,西湖龙井渐渐"阔"了起来。当然,这跟南方盛产绿茶且习惯喝绿茶有关。久而久之,九曲红梅被冷落了,以至于一提红茶,不是福建一带的红茶就是祁门红茶了。

九曲红梅的名字,听听,挺雅气的。它的俗名叫"九曲红",也叫"九曲乌龙"。既然叫九曲乌龙,自然就是乌龙茶的一种了——具体讲,就是工夫红茶大家庭里的一员。九曲红梅的源头就是福建武夷山的九曲,因其色红、香清,宛似红梅而得名。杭州栽种九曲红梅,已有百余年的历史,这历史既是茶的历史,更是一部移民史。太平天国时,福建、浙南一带的农民因战乱而纷纷北迁,在杭州大坞山一带落下脚跟,开荒种粮。南来的农民自古有善制红茶的生产经验，因此，大坞山一带就掀起了采制红茶的风气。此后，遂成九曲红梅。

九曲红梅从诞生起，就一直没有离开杭州风土的浸润。

大坞山一带，毗邻钱塘大江，山峦环抱，林木葱郁，云雾缭绕，适宜种植茶树。尽管九曲红梅的主产地分布较广，杭州市郊的湖埠、上堡、张余、冯家、社井、上阳、下阳、仁桥一带悉数在内，但以湖埠大坞山一带的品质最佳。一杯好的九曲红梅，条索细若发丝，弯曲细紧，如同银钩——如果抓一撮起来，会互相勾连，浸泡之后，汤色鲜亮；叶底红艳，滋味浓郁，有独特的花果之香味。考究其工艺，采制的青叶经过阴摊、萎凋、揉捻、解块、复揉、发酵、干燥等工序后，采用"摊、捏、捻、翻、揉、搓、闷、筛"等手法，使其香味自然地生发而出。而且，这种工艺于2009年被列入浙江省非物质文化遗产名录。

双浦镇，就是大坞山一带的一个小镇。

有一年，我专门跑到大坞山踏访九曲红梅。镇上有一座九曲红梅展示馆，从中国红茶、历史文化、自然环境、加工生产、茶艺茶俗等若干方面对九曲红梅进行了详细介绍。这样的展馆，其实是对一款茶的敬重，或者说，是对大地的敬重之心。就像我们不忘初心一样，无论九曲红梅的路走多远，都要记住它的来路。

在绿茶种类繁多的江南，九曲红梅就像万绿丛中的一点红，有一种别致之美。如果说在春意盎然的杭州应该品一杯西湖龙井的话，那么，在香气浓烈的桂花盛开之后，是应该喝一杯九曲红梅的。

秋深了，冬来了，泡一壶九曲红梅，等待孤山上的梅花开放，也是件风雅的事。

狗牯脑

恕我直言，猛一听这名字，根本没想到它竟然是一款茶的名字。但它的确是一款茶！产自江西遂川的汤湖镇。有一年，我曾去过汤湖，这是一个因温泉而闻名的小镇。进入汤湖地界，举目所见，即是狗牯脑山。同行的当地朋友介绍说，因山形宛似狗头般翘首，故名。狗牯脑山矗立于罗霄山脉南麓支系群山之中，坐南朝北，山南为五指峰，北为老虎岩，我所抵达的汤湖小镇，林木苍翠，溪流潺潺，实乃一处养生的宜居之地。如果没有猜错的话，狗牯脑茶就是以山名而命名的。中国茶的命名方式，有不少是以地名而名，比如西湖龙井，再比如黄山毛峰。不过，它们都是在地名的基础上复加茶之形状，而不像狗牯脑茶这样，简洁而明了。

在我去汤湖之前，并不知道江西的大山深处还有狗牯脑茶。在什么地方喝什么茶，所以，在汤湖小镇就得喝一杯狗牯脑茶。作为南方大地万千绿茶里的一种，它的条索匀整而纤细，微露的黛绿表面覆盖着一层细软鲜嫩的白毫，煞是好看。及至品鉴之后，方才觉得它的美妙有点特别，特别得无法形容。清澄的茶色略呈金黄，回甘耐久，浓酽而厚，几经咂摸，才知其有一股挥之不去的清瘦之味。这味，就像是夜深人静时读黄庭坚的帖子《钩深堂》，瘦而硬，也容易让人联想到"江湖夜雨十年灯"的诗句，颇有奇崛之感。

如此别致的一款茶，缘何知者甚少呢？

当地茶农的解释是：产量太少。

辑三

原来，狗牯脑茶的产量低，茶园面积也小，尤其是谷雨前茶就更少了。尽管如此，一个关于狗牯脑茶的凄美传说，在罗霄山脉一带广为流传，家喻户晓。大约在清朝嘉庆年间，一位叫梁为镒的木材商人，贩运木材到金陵销售，不料因洪水冲跑木材而落难金陵。就在他食不果腹流浪生活时，恰好遇到一位杨姓女子，对他关爱有加，且萌生爱意，以身相许。后来，杨姓女子毅然放弃了秦淮河畔的十里繁华，跟随他回到狗牯脑山下，相夫教子，安度余生。他们返回狗牯脑山时顺便带了一些茶籽，本意是开垦茶园，自种自喝。可是，茶叶渐渐有了名气，方圆几十里的人家都十分喜欢，久而久之，就直呼其为狗牯脑茶。别有意味的是，狗牯脑茶的制作技术一直为梁家秘传，据当地方志记载，1943年，为了防止别人假冒，狗牯脑茶第五代传人梁德梅特意在其出售的茶叶包装上钤有印章，印文云：遂川县汤湖上南乡狗牯脑石山茶祖传精制青水发客货真价实诸君光顾请认图为记梁纪兴。也许，在今天这个鱼龙混杂的年代，这样的方法不见得就能抵挡住造假者的"魔高一尺"。

幸运的是，我在汤湖小镇，喝到了正宗的狗牯脑茶。不仅如此，像汤湖这样的小镇也让人流连忘返，心生欢喜。漫游两日，恰逢采茶时节，穿行于山间小路，罗霄山脉的崇山峻岭简直就是一幅巨大的采茶图。其实，在这样的地方，无论喝什么茶，都是美好生活的一部分。

我甚至在想，所谓清静和寂的茶道固然是茶文化里的一部分，但粗茶淡饭的粗茶，也应是茶文化的一部分。比如说，在汤湖小镇青山环绕的小院子里喝着狗牯脑茶，旁边恰好有一只小狗吠叫着，这样的场景，既是田园风光里的朴素章节，亦是人生经历里难忘的一段回忆吧。

桂花龙井

春天的西湖龙井，到了秋天，除了遇到仍然痴爱它的老茶客外，还会遇到桂花。它与桂花的邂逅，像一场漫长的等待与约定，相约在秋天携手走完一段新生的旅程。

这也是南方大地的一段秘密，鲜为人知。

西湖龙井，是杭州逢人就想掏出来的名片。可惜，这些年，这张名片上写上了不为人知的秘密。比如，真正的西湖龙井产量并不多，而市面上以西湖龙井出售的茶叶不知要比实际产量高出多少倍。我相信这个数字有点像贪官被抓后公布的财产数字，会吓老百姓一大跳的——扯远了，西湖龙井盛名在外，不多说了，说说桂花吧——其实，杭州的桂花同样盛名在外，那就说说杭州的赏桂之地吧。秋天的杭州，随便拐进一条街巷，浓烈的桂花之香都会扑鼻而来。而最美的赏桂之地，莫过于满觉陇了。所谓满陇桂雨，就是满觉陇路的桂树多，如果风一吹，桂花纷纷落下，宛似雨点。有几次，我专门跑到满觉陇路寻找这样的场景，可错过了秋风，只能抬头张望一望，然后，怅然离开。

杭州人风雅，爱花如命。赏完了荷花就赏桂花，赏完了桂花觉着离梅花开还有些时辰，于是"心有戚戚焉"地想留住桂花的香。可怎么留？桂花干、糖桂花、桂花蜜纷纷出场。

桂花龙井，也是深情挽留的杰作之一。

我在龙井村看见了这个美好的过程。制茶人将采回来的桂花，去掉树叶、花梗，只

辑三

留下橙黄色的桂花，轻轻摊放在防潮纸上，四四方方地叠好，放到垫了石灰块的紫砂缸里，过上两三天取出时，就是桂花干了，淡黄色，香气扑鼻。桂花干窨制好了，取清明过后至谷雨前制作的西湖龙井为茶坯，一层龙井、一层桂花地铺在防潮纸上，大约是五比一的比例，铺上三四层，包好，放到紫砂缸里，每隔两天，翻动一番，让桂花的香味完全渗透到茶叶里。大约六七天后，就开缸了——所谓开缸，就是桂花龙井窨制好了——如果想要香味更加浓的话，就得等上半个月。新开缸的桂花龙井，热水一泡，碧绿的茶叶在杯中翻飞，淡黄色的桂花漂浮在水面上，犹如夜空里的点点繁星，清新而怡人。

　　据说，用来做桂花龙井的桂花，不能是盛开的，是怕香气散尽，所以，含苞待放的最留香。而且，采花时，要戴上手套，不然热乎乎的手指一摸，娇嫩的桂花很容易就会转成褐红色，这样的话，颜色就不好看了。而且，还不能躲懒，要起早，在凌晨三点左右采的带着秋露的桂花，才适合做桂花龙井。

　　秋天的高空，因一杯桂花龙井，清雅起来。

　　明代的刘士亨写过一首《谢璘上人惠桂花茶》，诗云："金粟金芽出焙篝，鹤边小试兔丝瓯。叶含雷信三春雨，花带天香八月秋。味美绝胜阳羡种，神清如在广寒游。玉川好句无才续，我欲逃禅问赵州。"显然，这是一款桂花茶，但不一定就是桂花龙井了。在

- 057 -

桂花茶的大家庭里，桂花龙井是极致与极致的一次重逢：既与西湖龙井、桂花兼而有之的自然地理条件有关，亦与杭州民间细品桂花龙井的风雅习俗有关。每年秋天，桂花盛开，杭州的茶农都会窨制些桂花龙井，中秋节全家人吃月饼时，免不了要喝一杯，甚至到了过年时，也会拿出桂花龙井招待亲朋好友。与之相比，有所变化的是，这几年，桂花龙井的制作工艺反倒成了不少白领们倾心的休闲方式之一。

不过，桂花龙井，的确是一种闲趣，一种"人闲桂花落，夜静春山空"的安静与淡然。本来，在桂花树下喝西湖龙井，是风雅的，如果喝桂花龙井，就更风雅了。想象中，最美的桂花龙井该是泡着一杯明前的西湖龙井，一个人在桂花树下沐着秋阳，发呆品茗，恰好一朵又一朵的桂花被风一吹，落入茶杯，如此这般的未经窨制，不知算不算桂花龙井呢？

忽然想起了诗人张枣写梅花的句子来，可桂花落下来的时候，我会风雅地喝一杯龙井等待几朵随风飘下来的桂花么？写这篇短文时，桂花刚刚开，我附弄了一番风雅，有意播放的背景音乐是《桂花龙井》，花薰茶十友之一，张福全作曲。曲子里流泻而来的水流、虫鸣、鸟叫、海潮声的背后，仿佛有一场轻风正在吹送着经年的桂花之香缓缓而来——而我，是该去沏一壶茶了。

丫玉

去婺源看油菜花，少不了去古村李坑——现在叫李坑景区。其实，三十年前，这里只是一个小小的村落——如果使用减法，减去游客和来这里做小本生意的人，这只是一座群山环抱的村庄，拥有小桥流水人家，拥有清新的空气和安静的晨昏。可惜，游客们都有一颗"一夜看尽长安花"的野心，所以，李坑摇身一变俨然成了一个小商品集散地。可能的话，婺源的油菜花也要负一点连带责任吧。

在进入李坑的一条小径，迎面撞上了一座高架桥，突兀地穿村而过，让人一下子没了兴致。

但不能扫了大家的兴，只好跟着进去。

除了典型的徽派建筑外，这里的景致与这几年去过的江南古镇差不多，琳琅满目的旅游纪念品与浓烈的商业气息，像一个模子里刻出来的。临街的老宅全开成了店铺，几乎没剩一家，山货、龙尾砚、各等小吃、绿茶，烘托得村子像个热闹嘈杂——不说这些了，我再不能杞人忧天了。况且，我忧了也没用。混入拥挤的人流缓慢前行，左瞅瞅，右瞧瞧，看见在一家店面门口，有一个老人弯腰炒茶。他的头顶，一面印有"老茶店"字样的招牌迎风飘扬。凑过去看，他的双手在一口乌黑的大锅里不停地揉搓。这样的手艺人，说白了，不再是手艺人，而是贴在茶店身上的一张活标签。我曾在苏州太湖的东山见过一位老茶人，他炒了一辈子的茶，而且是碧螺春茶非遗传承人，他给我剧透，说

终朝煮茶,七碗生风

这些年江南古镇上临街的炒茶人,耍的就是花拳绣腿,专门是用来抬高茶价的。我明明知道这些,但还是进了这家茶店。

其实,是一款茶的名字吸引了我,一款名叫丫玉的茶。这名字,能让人想起一个温润如玉的女子。早就知道婺源的绿茶颇有名气。几年前,读《茶经》时就碰到过这样的记载:"歙州茶生于婺源山谷。"婺源山谷,大抵就是怀玉山脉和黄山山脉一带,这里峰峦耸立,山清水秀,终年云雾缭绕,自然是栽培茶树的好地方。所以,这里也是我国绿茶的产区之一。只是,这些年,不知什么原因,婺源绿茶的名气不是很大。事实上婺源绿茶早在18世纪就已经进入国际市场,乾隆年间外销英国;咸丰年间,婺源"俞德昌""俞德和""胡德馨""金隆泰"等四家茶叶的老字号共制绿茶数千箱运往香港销售。

我还听说婺源的新娘茶之风俗。新娘大婚的第二天,第一件事就是亲手泡制香茶敬献公婆及男家亲眷,这有点像北方试刀面的意思。一般,新娘泡的是冰糖桂花茶,取甜蜜富贵之意。新娘敬茶,颇有礼数,这种重礼之风至今在婺源民间保存着——尤为有意思的是,新娘敬茶的茶具,须是娘家的陪嫁品。这让人不禁唏嘘。在这个鼓足劲陪嫁房子车子的时代,如此陪嫁多么古朴——这样的风土人情,是茶叶镌刻在这片土地上的文化烙印。

跑进店里细看,店主经营的婺源绿茶品种颇多,有仙枝、雀舌,还有婺源茗眉,一

辑三

种大叶种的绿茶。而我独喜丫玉，似有一见钟情之感。这情，来自名字，而非茶的品质，就像红尘里的一见钟情往往"钟"的是脸而不是情。其实，与一款茶的相遇，宛如红尘。

买了半斤，继续混入人流。

后来，在去一座古宅的路上，看到有的店铺把丫玉写成芽玉，虽然名字更贴近茶了，但诗意没了，也少了美感。再后来，也就是从婺源回来以后，百度丫玉的资料，竟然没有——没有也好，像是一段有始无终的艳遇。

莲花茶

新安江畔，有不少古意盈盈的村镇，各有千秋。比如龙门镇的祭祖习俗，比如新叶村的明清古建，再比如梅城的古老渔俗，像一朵朵开放在大江两岸永不衰败的绚丽之花。这次去的建德大慈岩镇双泉村，也是新安江畔的一座古老村落。出发前，就听说那里的莲文化、诸葛文化、泉文化和畲族文化堪称四绝，尤以"全莲宴"而闻名大江南北。有幸吃得全莲宴后，朋友像发现新大陆似的说，这里的莲花茶，更好喝。初听此名，我想当然地以为是司空见惯的花茶，充其量是全莲宴的一脉余香罢了，可我终究错了，错在自己的孤陋寡闻。

原来，双泉村的莲花茶，传承了古代莲花茶的精华所在。

沈三白在《浮生六记》里深情款款地记述过芸娘制莲花茶的情节："夏月荷花初开时，晚含而晓放。芸用小纱囊撮茶叶少许，置花心。明早取出，烹天泉水泡之，香韵尤绝。"芸娘是被林语堂誉为"中国最可爱的女人"，经她秘制而成的莲花茶在当代人的眼里，颇具小资情调。然而，这样的女子现在快绝迹了，因为我们身边大都是目不转睛地盯着房子、车子、票子的女人了。如此对照一番，我倒不替这个时代悲哀，而是明白了沈三白为什么会用如此温情的文字回忆他们相濡以沫的美好时光。

《浮生六记》脍炙人口，以至于好多人以为莲花茶的首创者就是芸娘，其实，是元代大画家倪云林。

辑三

倪云林的私房菜谱《云林堂饮食制度集》里，就已经出现了莲花熏茶之法，此外，明代顾元庆的《茶谱》、屠隆的《考槃余事》亦记其事："于日未出时，将半含莲花拨开，放细茶一撮，纳满蕊中，以麻皮略絷，令其经宿。次早摘花，倾出茶叶，用建纸包茶焙干。再如前法，又将茶叶入别蕊中。如此者数次，取其焙干收用，不胜香美。"显然，这种制作方法更加复杂，费时费力。早上将茶放入花蕊，等到第二天再换一朵莲花，如此反复者三，这真得一个人耐着性子才能做到——不过，不紧不慢、从容不迫，恰恰是古人生活的真谛。

我来双泉村，是闲逛式游玩，时间宽裕，所以，莲花茶也喝得从容不迫，这也加深了我一个北人对莲花的理解。莲的好处甚多，至少对人体的口、目、鼻都有美感。比如其状可观，这是目；其味可闻，这是鼻；其藕可成馔肴，这是口；不能再说了，再说下去会让一个北人露馅的。不过，哪怕露馅出丑，我还得说说莲花茶的无限美感。我借宿的这户人家，为人淳朴。他家的莲花茶，与古之制法大同小异——所谓"小异"，就是将茶叶放入莲花花心后会包上保鲜膜，以防香气外泄——这一点古人大抵是做不到的。毕竟，保鲜膜是后来的事吧，不过古人一定也有他们的保鲜之法。早晨醒来，在一把老式藤椅上，喝着莲花茶，细细一闻，满杯的莲花之香，浓郁清新，让人竟生出恍若隔世之感，仿佛回到了过去，回到了张岱"吾辈纵舟，酣睡于十里荷花之中，香气拍人，清梦甚惬"的古代风雅里。

也许，这是我喝得最风雅的茶。

然而，在双泉村人看来，这平常得像是喝白开水。为什么？因为他们天天喝这样的茶。可见，真正的风雅不是装腔作势、故弄玄虚，而是落在日常的生活里。他们不会吟诗作画，不会吟风弄月，却在大地的某个角落风雅地活着。古人有"礼失求诸野"的说法，其实风雅也是，真正的风雅恰恰深藏于民间乡野，深藏于我们看不见的偏远一隅。

径山茶写意

1

远远望去,山峦起伏的径山云遮雾绕,凌霄、堆珠、鹏博、晏坐、御爱五座山峰依次排开,左右相望,仿佛商量好似的集体踮起脚尖不远不近地窃窃私语,一派神秘模样。它们在交谈什么呢?是在默诵陆羽在《茶经》里写下的"茶者,南方之嘉木"么?

——是的,群山环抱、浓荫蔽日的径山倘若无茶,那岂不负了造化的一往情深!

2

一棵棵茶树,像是径山朴素的女儿,手挽手围起一座又一座茶园,无论晨曦初露还是落日熔金,她们都精心呵护着自己的家园。而她们温情脉脉娴静无比的模样,像是奔赴一场绿色的盛宴。《续余杭县志》载:"产茶之地,有径山四壁坞及里山坞,出者多佳品,凌霄峰者尤不可多得。……出自里山坞者色青而味薄。"在这句盛赞五峰之一凌霄峰之茶的深情叙述里,我发现了径山茶漫长历史的一个秘密:

它发端于一段旷世的僧缘。

这个僧人,就是径山寺开寺僧法钦大师。

3

径山寺是径山茶无法绕过的一个关键词。

这座始建于唐、南宋时香火鼎盛的寺院,因其浩大的僧侣规模和一座座雕梁画栋的寺庙建筑而毫无愧色地担当起江南五大禅院之首，让杭州的灵隐寺、净慈寺，宁波的天童寺、阿育王寺谦卑地侧身其后。早在唐天宝元年（742），法钦大师就来径山，结庵建寺，"曾植茶树数株，采以供佛，逾年蔓延山谷"。这次本为诚心供佛的虔诚之举，却开启了径山茶的徐徐大幕。

之后，径山寺里，品茗如同念经，是一个个僧侣的必修功课。

4

这样的日积月累，终于让径山茶在那个点茶风行天下的遥远宋代，以径山茶宴的别样风姿横空出世。径山茶宴繁复而严格的程式依次为点茶、献茶、闻香、观色、尝味、叙谊。这场将佛家清规、饮茶谈经悉数囊括其中且附之吟诗等文艺活动的盛大宴会的高妙精深之处，就是让梵音里飘着茶香，使茶香里莲花摇曳，把高高在上的茶禅一味水乳交融地连在一起。

茶宴之始，可谓久矣。可历史为什么偏偏要让径山茶宴集山林野趣与禅林高韵于一身呢？是时光的恩赐，是大地的馈赠，还是冥冥中的机缘？

我不得而知。

如果说这些来自故纸旧册的记载是一截时间的遗址，那么，2010年国家文化部公布的第三批国家级非物质文化遗产名录里，余杭人申报的"径山茶宴"的赫然入选，则给径山茶赋予了时代新意,让它独绝的清香飘荡在新世纪的上空。

5

其实,在邻邦日本,径山茶的香韵更是历久弥新,意味深长。

如果说公元804年造访中国的日本天台宗之开创者最澄是这个岛国茶史上的开拓者,那么,在中日僧侣往来频仍的宋代,两度入宋的日本高僧千光荣西就是日本茶道的真正奠基人。他在径山寺的大汤茶会得到了最高礼遇后,回国时没有忘记带上茶叶、茶籽,更没有忘记著文介绍种茶、饮茶之法——哦,还有日本曹洞宗开山祖希玄道元,他也曾登临径山访问茶道,回国后以唐宋的《百丈清规》《禅苑清规》为蓝本,潜心著成《永平清规》——在这册我至今还未读到的书里,他根据径山茶宴礼法,为完善日本茶道呕心沥血,皓首穷经,废寝忘食。

《类聚名物考》,一册由18世纪日本江户时代中期国学大师山冈俊明编纂的历史著作里,言之凿凿地记载,日本"茶宴之起,正元年中(1259),驻前国崇福寺开山南浦绍明,入唐时宋世也,到径山寺谒虚堂,而传其法而皈"。原来,是一个名叫南浦绍明的日本僧人,将径山茶宴带到了日本。但是,我们并不会因此而忘记最澄、千光荣西和希玄道元。

——他们,都是径山茶的使者。

6

  2009年的春天，我，一个久居高原的北人，怀揣一颗敬慕之心穿山越河，把自己安放于径山深处。我知道，在此之前，宋代的茶叶大师蔡襄来过，大诗人兼茶客苏轼来过，而我，只是这一个个古老身影背后的无名小卒。但我和他们一样，在江南大地的深处接受了一次别样的"超度"。是的，当我捧一杯径山茶时，恍惚觉着自己就是浪迹于江南大地的一介蓝衣书生，或者是一介初涉佛经的僧侣，安贫素，远荣利，心尘净尽，澄澈空明，沉浸于它鲜醇的滋味和裹挟着一股板栗味的清幽香气里，"不知有汉，无论魏晋"。

  今夜，在这寒风彻骨的北方，我又一次面对失重的月色喃喃低语：哦，径山，佛之山，茶之山，逶迤连绵，高远峻峭，让径山之茶看上去像是一部被岁月之手轻轻翻开的茶史。

野茶无限春风叶

李郢，字楚望，长安人，唐大中十年中进士，官至侍御史，留诗一卷。其中有一首诗曰《邵博士溪亭》，这是一个什么样的亭子呢，不知道。但我猜测，此亭一定清风明月，雅趣不凡，让人心向往之。为什么会有这样的猜测呢，因为诗的首句就出手不凡：

野茶无限春风叶！

想想，在那溪水淙淙的小亭子里，喝一杯茶，该有多好。这也应该是当代人所追求的人类宜居的地方之一吧。当然，我对这样的亭子感兴趣，也与我喝过野茶有关——我喝过的不仅是野茶，还是野茶王呢。那是几年前湖南的朋友途经甘肃天水时专门为我带来的。它产于武陵山脉一带。2009年我闲逛湘西，与心仪的武陵山擦肩而过，但我知道，那里云雾缭绕，是产茶胜地，只是不知具体何等美茶。而朋友的盛情既证实了我的判断，也让我见识了有别于西湖龙井、苏州碧螺春以外的茶。其实，取一撮野茶，置于掌心细观，就能隐隐觉着，那微扁挺直的茶体，舒展自如得犹似一个不屈不服、充满野性的人。

然而，野性里又裹挟着点点隐逸。

也许，这与五柳先生陶渊明的一段传说有关——

东晋时期，武陵溪一带，桃花流水，斜阳古道。不问时世的陶渊明，经常顾影独酌，酒后浇愁。某日，诗人正在桃林溪水间饮酒赋诗，忽见一位年轻女子踏云而来。女子笑曰："天神见你终日嗜酒浇愁，特派我来送茶树。常饮此茶，可帮你脱离苦海，度你成仙。"说毕，女子化作云烟不见踪影，而眼前真的出现了一棵叶片硕大的茶树。后来，诗人便常喝此茶，心情渐佳，也写出了传世之文《桃花源记》。

其实，这只是一个至今流传在武陵一带的传说罢了，并不可信。而真正有据可查的是，在20世纪60年代，卢万俊先生在湘西雪峰山脉的原始次森林边缘地带——陆家冲，发现了一株野生大叶茶树，经二十余年潜心研究，与原湖南农业大学茶学系教授王威廉先生及湘农大茶叶研究所合作，采用无性方法繁育成功的新一代茶树良种，就是野茶。所以说，湖南野茶既离不开陆家冲那株野茶，也是现代科学技术发展的结果——它不像科技在蓝印花布与宜兴紫砂壶上的广泛应用，令人大失所望，恰好给科学赋予了一丝灵性之光。

我喝的野茶王，是"古洞春"牌，湖南省桃源古洞春茶业有限公司出品，而卢万俊恰是公司的创始人。

这让我扬扬得意了好一段时间呢。

辑四

茶非茶,

茶是世事

一天

最近一段时间，每天起床，先要喝一杯茶。据说，这样很不健康，但还是放纵着自己。差不多有两三个月的时间，我已经不吃早点了——不是经济拮据，而是没有心情。吃饭也是一种心情，不管群贤毕至的宴会还是独自一人的早餐。这年头，不吃早餐不利于健康，吃了没准也得病——能让人放心吃的东西是越来越少了，关于禽流感的各种传言越来越多，于是，以茶代替豆浆了。

喝的是碧螺春。

茶是朋友的朋友送的。

那天，去苏州的东山玩，在果树叠翠的山坡摘完马兰头，临别时，她送了一斤碧螺春。我还是第一次喝这么金贵的茶。与一款茶的相遇，如同与人的相遇，自有因缘，各自抵达。这样的早晨重复了数日，今天亦是。喝毕，去书房，读《闲情偶寄》。以前读明清小品，满心欢喜，现在反倒读出明清小品的局促了，于是更加喜欢苏轼的放达和豪迈。一个上午，就这样过去了。午饭是自己做的，西红柿鸡蛋面，极清淡。饭毕，小睡，有朋友来访，继续喝茶，喝的还是碧螺春——本来有些舍不得，但终究还是大方了一次。这倒不是说分享是一种美德，而是我想让自己的一天始终有着碧螺春的气息。

晚上，接友人短信，曰，定制的紫砂壶已经寄出了。一壶到手，风雅自留。晚安吧，这钱塘江畔雾茫茫的一天。

西湖龙井购买指南

西湖龙井位居中国十大名茶之首，是中国绿茶的代表。历史上的西湖龙井，有"狮"、"龙"、"云"、"虎"、"梅"五个系列，以狮峰龙井为最佳。而好的龙井，向来以"色翠、香郁、味醇、形美"而著称，但每年西湖龙井上市后，可谓乱象丛生。说小些，是茶事，说大些，是当代中国商业的一个缩影。前几年，我在杭州买西湖龙井，就上当受骗了，以至于后来喝龙井时心里总有余悸，所谓"一朝被蛇咬，十年怕井绳"也。可我偏偏又迁居到西湖龙井的故乡，有点抬头不见低头见的意思，走到大街上随便一看，就有一家西湖龙井的店铺。现在，我不揣冒昧，以一介茶客的粗浅认知，说说西湖龙井的购买经验吧。

先说色。

西湖龙井的"翠"，并非越绿越好，而是微微发黄，才算好。老底子的杭州人，把这种黄叫糙米色。倘若按照传统工艺炒制的西湖龙井，品级越高，这种发黄的颜色就越发黄，而且是绿黄两色，浑然天成，恰似水墨画的墨迹，浓淡相泅。而造假者也在与时俱进，他们也在"做黄"，实则是闷出来的，所以，黄得有点煳，像有病的人。仔细看，闷出来的黄跟那点绿，像一对闹别扭的夫妻，有劲也使不到一起。

再说香。

古籍里谈到西湖龙井的香，常常会提到一个词：香郁若兰。这样的比喻看似雅气，实则有些离题，甚至大而不当。就像形容一个女人气若兰蕙，这反倒让人有点丈二和尚摸不着头脑。西湖龙井的香，应该是香郁如豆。什么豆？兰花豆！而且是油煎蚕豆的那种香。以假充真、以次充真的西湖龙井，香味要淡得多，而且不是豆香，似栗子香，且有一股浓烈的土腥气。

再来说说西湖龙井的味。

如果你有足够的工夫，不妨在购买龙井时先品尝一杯。真正的西湖龙井，兰豆香里藏着一丝蜜糖的感觉，隐隐约约的，甜丝丝的，又滑溜溜的，这大抵也就是古书上说的"三口不忍漱"吧。而仿冒的西湖龙井，甜似蔗糖，稍纵即逝。

最后，说西湖龙井的形。

西湖龙井是扁平绿茶的代表，冲泡之后会整整齐齐地落于杯底，但不是虎落平阳的落，而是往事落于时光之井的落。这时候，细细端详茶叶，长短参差，丰腴有致。而仿冒龙井尽管看似莲芯，冲泡后要么如"雀舌"候哺，要么似钉直竖，甚至"鹰爪"倒挂。

顺便说一下，西湖龙井买来了，别急着尝鲜，最好是放几天。普通的方法是置于冰箱冷藏，但这绝非良方。最理想的藏法，是将茶包在布袋或者牛皮纸袋，置入石灰缸，经过几天的收灰，多余的水分吸收了，再喝，西湖龙井的本味就被彻底唤醒了。

这也是老杭州人的藏茶之法，实在高妙。

背景音乐

影视作品里的背景音乐，一直是个谈不完的话题。比如推动情节发展、渲染气氛、契合主人公的性格以及重塑影片的独特风格，都是需要考量的因素。而喝茶的背景音乐，则要相对简单些。

自古以来，茶的背景音乐，似乎一直是个雅致的话题。

沉浸于一杯茶的清香里，音乐翩然而至，常常能收到事半功倍的效果。当然，这样的音乐最好是中国古典音乐，如果换成流行歌曲或者摇滚，就滑稽而荒诞了。去过不少茶楼，发现一直循环播着一些古筝名曲。其实，每种民乐也有它的品性，古筝是热闹欢快的，跟茶的清静雅寂并不搭配，所以，氛围并不妥帖，但好多茶楼都在用。严格讲，茶的知音，是古琴，可惜的是，在古琴式微的这个年代，古琴毕竟曲高和寡了——我们身边的好多家长，不是都让孩子去学钢琴了么。

徐渭在《煎茶七类》里就谈到，茶宜"凉台静室，明窗曲几，僧寮道院，松风竹月，晏坐行吟，清谭把卷"。这样的场景里，自然少不了一床古琴。

我想起了一副对联：

竹雨松风琴韵　茶烟梧月书声

辑
四

　　这是清代傅山的对联。

　　傅山是画家，也是诗人。此联简洁，却勾勒出潇潇竹雨、阵阵松风、调琴煮茗、读书赏月的大风雅。想象中，在一座依山傍水的小院里，竹生水畔，荷香暗动，园中置几案，于琴声不绝中煮水烹茶，该是多么奢侈的时光啊。只是人生多艰，浮世米贵，只能做做白日梦。有时候，忙得连茶都顾不上喝，哪来的闲工夫去选背景音乐呀。不过，喝什么茶，在什么地方喝，跟什么人喝，都是背景音乐的选择标准之一。我曾在苏州的山塘书院喝过一个下午的茶，窗下的山塘河里乘船去虎丘的游客，换了一拨又一拨，不绝于耳的却是一曲又一曲评弹。尽管听不懂吴侬软语的深意，但它却是最好的背景音乐，构成了一段唯美温婉的时光底色。

　　所以说，喝茶的背景音乐，也真是法无定法。

　　我的家乡甘肃，喝的是罐罐茶，把茶投在小陶罐里，煮着喝。祖父在屋檐下一边煮茶，一边听秦腔。那台老式的收音机里，有放不完的折子戏。我到现在一直都纳闷，那时候的广播好像鲜有广告，秦腔选段也是永远播不完的样子，一折接着一折。偶尔，祖父高兴了，他不但听，还跟着唱。而他的高兴，往往来自一场丰沛的雨水、一年的好收成，或者是在村口棋摊子大获全胜了。碰上这些事，他唱的第一折总是《下河东》，第二折是《斩单童》。这是他最拿手的两折戏。我在耳房里写字，越听越烦，跑出来，怒目一会，但终究也是敢怒不敢言。他见我的样子，笑一笑，说："别写啦，写啥字啊。长大了跟我学木匠。"

他是村子里手艺最好的木匠。

接着，他低头，自顾自说开了："一技在手，吃穿不愁，写什么字呀，眼睛都快瞎了。"那一年，我已经近视了。过了一会儿，他关了收音机，也不唱了，斜靠在土炕上睡觉去了。

我一直在想，祖父的秦腔，也该算喝茶的背景音乐吧。

午后

从陆羽阁往下走,是一排还原唐代顾渚紫笋茶制作工艺的浮雕。再往下走,是一排茶室,就拐进去了。喝茶的兴致并不高,但终究还是拐进去了,因为门票里已经含了茶钱,不喝白不喝——这是景区的一种捆绑销售,好在捆绑的是一杯茶而已,不会太介意。况且,既然专程来寻访大唐贡茶院,在这里喝杯茶,多少也有点抚今追古的意思。

落座,点了一杯顾渚紫笋。

茶室,悬空在竹林里,举目四望,皆为竹林,绿意盎然,让人想起安吉的竹林。有风经过,飒飒作响,仿佛大地的呓语,仿佛一个人说给另一个人的心里话。偶尔,有一只蜜蜂在头顶飞来绕去,久久不肯离开,如同眷顾,对时光的眷顾,对午后这段安静时光的眷顾。又飞来了一只蜜蜂,它们组成一支小分队,像是执行什么任务。忽然想起很多年前父亲在后院养蜜蜂的往事,也想起了陆羽在顾渚山上置办茶园的记载:"顾渚山中有鸟,如鸲鹆而小,苍黄色。每至正月二月,作声云:'春起也。'至三月四月,作声云:'春去也。'采茶人呼为报春鸟。"我来顾渚山,农历三月三刚过,报春鸟应该还有吧,可惜没遇到——现在是鸟声渐稀的年代,碰上一只鸟并非易事。毕竟,人声也太嘈杂了。

不过,能与可爱的小蜜蜂不期而遇,也是惬意的。

这是春日的午后,一杯安静的顾渚紫笋溢着热气,仿佛大地的体温。不远处的明月峡,有一座忘归亭,我没去看,但喜欢它的名字,坐在茶室想想,也是美的。一直以来,中国传统文化里有一种不如归去的情结,其实,那是看够了尔虞我诈钩心斗角之后的一种无奈与怅然。而我此刻的忘归,是真的忘归,是想在这安静午后物我两忘,听风吹竹动,听鸟鸣山幽。

"竹下忘言对紫茶,全胜羽客醉流霞",这是唐代诗人钱起的句子,写的是在一场唐代的茶宴上品鉴顾渚紫笋的感受。彼时的顾渚贡茶院,是最大的官方茶场,而喝得上顾渚紫笋的,不是达官贵人,就是文人骚客。余生已晚,只能从旧时风物里体味那唐代的繁盛,但钱起的笔意还是颇符合我此际的心境。在这样一方安静的山水里,除了忘言,还能说些什么呢?静静地坐一会儿,相对无言,就是对山水的敬畏与痴爱。顾渚山上还有不少茶文化景观,比如那些古代官员留下的摩崖石刻,都值得一去——以前闲读书时,一直想一睹真容,可真到了这里,竟然懒得动了。大抵,是这间深藏竹林的茶室容易让人生出慵懒了吧。

再懒得动,终究也是要回去的。

本从尘世来,复还尘世去。顾渚山之行只是穿插于尘世间的一段奢侈之旅。返回的路上,车子里放着一支不知名的曲子,极安静,像是对顾渚山安静午后的一次深情回忆。

老茶馆

古镇的空气里散发着一股浓烈的腊肠味道。它们来自沿河悬挂着的一串串香肠——这是古镇的美食之一。穿行于摩肩接踵的人流里，尽管早就听说这里的"拱、梁、亭"闻名江南，但没了欣赏的心思，迎面而来的是一间间生意火爆的小店。忽然，不想逛了，有点倦意。这几年，走了不少江南古镇，大抵都是如此：失却本味的同时全部摇身变成地域特色浓郁的小商品市场。实在无处可逃，就躲进一家茶馆。茶馆古旧，藏在一条小弄堂的深处，一点也不起眼，没有招揽游客的店招。可我还是进去了，只是想歇歇脚。落座，远远能看见对面的一座旧楼，就是我刚才去过的中国银行旧址。旧址里有一个大大的柜台，柜台内几张桌子上摆放着一些账簿、台灯、算盘、电风扇之类；在靠墙而立的旧橱旁，是一只挂钟，挂钟下有一台老电话。环视周围，似乎全是本地人，他们对我的到来很是惊讶，好像我是一个来历不明的闯入者——大抵在他们惯常的思维里，一个逛完古镇的游客应该去新城的星巴克或者两岸咖啡坐坐。我要了一杯茶，越发喜欢这里了：桌子是旧的，椅子是旧的，头顶的一架吊扇也是旧的，甚至围在一起说着方言的这些老茶客的衣服也是旧的——所有的旧堆积在一起，构成了时光的颜色。其中的一桌，几个老人打牌，另一桌在闲聊，一口方言，我一句听不懂，但他们戴的毡帽很好看，也很江南。一个人慢慢喝着日铸茶，一个上午就过去了。同行者来叫我，是该回的时候了，挥挥手，我不带走一片云彩。

镇，是安昌古镇。

老茶馆的名字，我都忘了。

后来，在微博上读到了一则发生在这家老茶馆的新闻，说一位八十岁的老头天天给比他大十岁的妻子梳头的故事。这样的日常，被现在的年轻人奉为爱情经典。其实，安昌古镇本来就是中国第一首爱情诗的产生之地——相传，大禹治水到安昌涂山，娶涂山氏女娇为妻，婚后即离家治水，十二年里三过家门而不入。女娇在孤独而焦急的等待中，唱出了"候人兮猗"的歌谣，因此女娇被称奉为远古传说中的诗歌女神。

——在我的记忆里，安昌古镇，从此成为老茶馆、爱情以及游荡的关键词了。

回忆罐罐茶

读小学五六年级时,祖父常常会把我叫到他身边,考考我:"念了好几年书了,本子写了一摞摞,会不会写一——个——字?"

"什么字?"我有些不服气。

"我喝茶时用的这个乩子的乩,怎么写呀?"祖父一边问,一边用手举起那个被烟火熏得黑压压的锥形器具,眼睛也眯成了一条缝,像是料到我不会写似的,一脸胜利者的表情。我还真不会写,于是仓皇而逃,甚至有好几天躲着不去见他。偶尔,我会噘起小嘴,嘟囔着反击一句:"世上哪有这样的字呀?"

乩子,是祖父喝罐罐茶时的家当之一。

罐罐茶,不像西湖龙井安溪铁观音那样,因茶的产地而分门别类,大概来说,罐罐茶的来历,是因使用罐罐煮茶命名——虽以器具命名,但千万别以为此器具非同小可,不能小觑。其实,它只是一个杯状的陶罐,口沿比罐体宽出些许,口沿下用细细的铁丝箍紧,铁丝一头长出成柄,柄上缠上布条,以防握时烫手。在西北一带,常常称其"曲曲罐"。有了曲曲罐,再配以茶杯、小火炉、一只小乩子以及一堆干柴,一顿罐罐茶就算是万事俱备了。

在这片土塬上,一个男人起床的第一件事,就是喝罐罐茶。当然,得是上了年纪的男人,有的女人上了年纪,也喝——年轻人一般是不喝的,即使要喝,也得背着大人偷偷熬一罐儿,和老人面对面熬罐罐茶,是一件有失礼节的事。就像孩子当着大人的面抽

终朝煮茶，七碗生风

烟一样。天麻麻亮的时候，祖父翻身下炕，开始忙活了。忙什么呢？生火喝罐罐茶！在小小的泥火炉里架起火后，把一只曲曲罐煨在跟前，倒入少量新水，至水快沸时，放入茶；而祖父考过我的那只瓯子，则架在炉火的顶部，它的作用是预热一些水。等曲曲罐里的茶水滚开了，再用一根细细的木棍翻搅一下，再就将茶沥入茶盅里——顺便说一下，罐罐茶是天水一带，以及东至汉中、西达定西的喝茶习俗，自然也是五里不同俗，比如在贾平凹先生写过的《通渭人家》里，要在茶里放入枸杞、大枣、核桃仁、冰糖之类的。

每一次，都是那么一小口。在我看来，喝罐罐茶，真是一件需要耐心的事，但祖父似乎喝得神清气爽，从容散淡。哪怕农活再忙，一罐茶也是少不了的。他一边烧茶，间或抽一锅水烟，或者旱烟，呛人的烟以及柴火的烟，让整个小屋子时时烟雾缭绕——祖父祖母生活的那间房子，墙皮和屋顶都因多年的烟熏火燎呈现出黑灰色了，头顶的橼檩，更像是黑漆刷过似的，闪着黑黝黝的光。而祖父就端坐其间，仿佛活着的神仙，脸上泛着淡淡的愉悦之光。

烟雾里还坐着一个人，她就是比祖父小两岁的祖母。

一罐茶临喝薄时，祖父会将烧好的茶，端给炕上的祖母。偶尔，他们会一边喝茶，一边吃些馍馍。这也算是一天的早点了。当然，这一般是农忙时的事，为的是挤出时间下地干活。

辑四

这些年，在脱贫了的家乡，蜂窝煤炉子和电炉子相继代替了小火炉。但祖父从来没换过，直到他去世，一直用小火炉。就在他临终的前几天，也不嫌麻烦，每天生火烧茶。从这个意义上，祖父像是罐罐茶原始喝法的坚守者一样。我曾经计算过，祖父要喝薄自己的一罐茶，最少得四五十分钟。为什么呢？祖父喝的是陈茶。其实，西北一带，喝的全是陈茶。近水楼台先得月嘛，只长小麦玉米还有槐树的家乡不产茶叶，哪能像南方人那样天天喝上鲜茶呢？况且，他们还是身处贫穷之地的乡下子民。说白了，罐罐茶，是西北大地上穷人的茶。在20世纪六七十年代，一户人家的老人，能喝上茶，是温饱和富足的象征——所以，如果你在西北土塬的某一户人家，一进门，就被迎上炕头，然后支起罐罐茶，就是最高的礼遇了。

"走，到我家喝罐罐茶去！"

这也是村民们常常发出的一次邀请：街头巷尾，房前屋后，碰上熟人，都会这样打招呼。于是，一座村庄的与另一座村庄的消息、农事、天气、秦腔，甚至谣言，都在一罐茶的沸腾之间弥散开来。他们围拢着一罐茶聚集在火炉前的样子，像是一幅西北土塬日常生活的插图，隐隐地寄寓着人们的梦与悲欢。

——我不知道，有一天，富而不贵的时代会不会撕碎这幅插图呢？因为我发现，越来越多的人开始泡着喝茶了。

翁家山访茶记

十几年前，途经杭州逗留期间，与朋友在楼外楼品完西湖醋鱼后刚出门，一副无所事事的样子，被一位出租车司机盯上了。他凑过来，说："去不去翁家山，买点龙井回去!?"实在是无所事事，也不知道下午的时间如何打发，就商量好车钱，跟着去了。彼时，我对龙井知之甚少——对茶叶粗通一二是2011年以后的事。所以说，我也是后来才知道，那天我们是沿着龙井路、觉陇路去的。说是翁家山，到了一看，是个小村子，不过，风景绝佳，群山环绕，若站在远处看，可能会有点古诗里"一角夕阳藏古寺，四周岗翠连遥村"的味道。但村子里面，一派现代化气象，根本不像是被绿色茶园包裹的江南村庄。

一进村，就是一处宽阔的平地，是村子的公共停车场。见有新客乍至，遂有一老者迎来："到家里看看，新采的!"看上去，他是个老实人。我判断人，一般是看脸——此人方脸，眼睛里有一种质朴之光。再说，反正是稀里糊涂地上了翁家山，也就稀里糊涂地跟着老人去吧。跟着老人，沿着一条小巷走，临街的民房，全被辟成大大小小的茶馆。他的家，在小巷的尽头，是一座典型的江南小院，粉墙黛瓦，门口有一棵巨大的香樟树。老人不急着出售茶叶，而是漫无边际地开始交谈。现在想来，这是一个多么美好的开端。交谈中，翁家山村的过去与未来，龙井的历史，一个茶农真实的生活，渐次清晰了。

早年的翁家山村，不像现在这么热闹繁华。村口还有一古井，名"龙泉"，俗称外龙井。该井凿建年代已无法考，井圈内壁有近十条较深的凹槽，系吊水绳长期摩擦所致。原井正面刻有"龙泉"、"葛洪遗迹"等字，后因翁家山与龙井两村之村民为争夺老龙井之名，"龙泉"两字曾几经变更，被凿掉数次，现改为"老龙井"。老人说："其实'龙泉'有它自己的特色，并不一定就比老龙井差，何必要跟人家争呢？"

老人开始给我们讲龙井的历史了。

他那天一口的杭州话，幸亏我带了录音笔，录了下来。后来，经朋友翻译，大致意思如下：西湖龙井茶集中在狮峰山、梅家屋、翁家山、云栖、虎跑、灵隐等地。这些地方林木茂密，翠竹婆娑，一片片茶园就处在云雾缭绕、浓荫笼罩之中。翁家山也是西湖龙井茶的主要产地之一，所产龙井自然品质佳，与杨梅岭、满觉陇、白鹤峰所产一起被本地人称"石屋四山"龙井，堪与狮峰龙井媲美。历史上正宗的龙井茶只有狮、龙、云、虎这四个地方生产，后来又加了一个梅，即梅家坞。梅家坞的龙井声名鹊起，是因为自1957年起周恩来总理先后五次来梅家坞视察，这是梅家坞龙井跻身于极品龙井产茶区的背景，也是梅家坞人最骄傲的地方。现在的人，功利了，为了赚钱，开始有一种茶，像极了乌龙茶，比龙井摘得早，常常，冒充明前茶上市呢。

现在，狮龙云虎被翁龙满杨四个村子替代了，翁即翁家山村，龙即龙井村，满是满觉陇，杨是杨梅岭。当然了，在政府的表述里是五个字——翁龙满杨梅，"梅"，有着它特殊的政治背景。

  老人的孩子在外地上大学。他见我认真地记他讲的话，可能有些感动，主动给我们泡了一杯明前的龙井，还一个劲地说："这个不收茶钱。"于是，在他那间炒茶的小小作坊里，多出了三杯龙井。饮毕，老人带我们出去走走。戴上蓑笠，别上竹篓，我们也体验了一下茶农的感觉。置身于连片的茶树中间，老人给我们指着山麓的几棵茶树说："看，那几棵树就是乾隆皇帝下江南时御封的茶树。"

  时间不早了，每人购得半斤龙井，就下山了。遗憾的是，我没有记下老人的名字。多年已去，回忆起来，一次偶然的购茶经历却成了一段意趣横生的访茶，人生啊，真的是会在偶然的巧合里藏着别样的深意。

竹叶青茶呀竹叶青酒

2006年的秋天，我去成都参加一个笔会。说是笔会，其实就是大家一起玩。有一天，我从高谈阔论的会议室里溜出来，去了著名的宽窄巷子后，又去了望江楼公园。累了，就混进一片麻将声稀里哗啦的茶摊，一边喝茶，一边看巴适逍遥的成都人打牌。那天喝的是竹叶青，十块钱一杯。我喝了两泡，总共二十块钱。区区一点钱，让我在一把竹质躺椅上，晒了大半天的秋日暖阳。

那也是我第一次喝竹叶青。

后来，才知道这秀甲天下的峨眉山之上的竹叶青，与苏州的碧螺春、西湖的龙井、安溪的铁观音们一样，是中国十大名茶之一。如此说来，我真是有点有眼不识泰山，身在蜀地竟不知竹叶青也是名茶。不过，细细一想，这里也该产些好茶，才不辜负峨眉山环抱的群山和终年缭绕的云雾。所以，后来补了补课，才知峨眉山一带产茶历史悠久，早在唐代，这里的白芽茶就是贡品了。南宋诗人陆游入蜀后大为感叹的"雪芽近自峨眉得，不减红囊顾渚春"，估计说的就是后来的竹叶青茶。

竹叶青的命名，是20世纪60年代的事情。

1964年4月下旬的一天，国务院副总理陈毅一行途经四川登临峨眉山时，在山腰的万年寺小憩。老和尚泡了一杯新采的绿茶送到陈毅手里。陈毅品毕，顿觉心旷神怡，劳倦顿消，遂问："这茶产在哪里？"老和尚答道："此茶就产于峨眉山。"

终朝煮茶，七碗生风

"此茶啥个名字？"

陈毅一口的四川话。

老和尚："还没名字，请首长赐个名！"

陈毅推辞道："我是俗人、俗口、俗语，登不得大雅之堂。"老和尚再三请求，陈毅高兴地说："我看这茶形似竹叶，又清秀悦目，就叫'竹叶青'吧。"

竹叶青的名字，就这样叫开了。

我已经记不清几年前与竹叶青茶不期而遇时它醇厚的茶味了。只觉着那次偶然的经历，像推开了一扇时间之河里竹叶青虚掩的门，就像几年前我只是抱着去西湖之畔的翁家山随便玩玩的想法，却一不小心在那里看到了西湖龙井更多的秘密一样。也许，这是进入事物肌理的一种方式。因此，读到《峨眉山志》里"峨眉山多药草，茶尤好，异于天下；今水寺后的绝顶处产一种茶，味初苦终甘，不减江南春采"的句子，就是一件平常不过的事。这样的记叙，作为对竹叶青的客观评价，实在不为过，而且让我后来每每回忆起那一年在成都的情形时，不禁得意扬扬起来。

人有三教九流，上好的竹叶青没有"九流"，却有"三教"——据说，竹叶青分为三个等级，依次是静心、品味、论道。而论道级是峨眉山高山茶区之特定区域所产鲜嫩茶芽，并经精心挑选后精制而成，且最能体会"茶禅一味"之要旨。说到"茶禅一味"，那是茶事里的最高境界，要物我两忘，一般人恐难达到。像我等俗人，能喝喝论道级的竹叶青，亦是美事一桩了。

辑
四

而我第二次喝到的竹叶青,恰是论道级。

2009年的春天,家中大哥公干于成都,回来时,有人相赠论道级竹叶青,我有幸得其一筒。细看,外形扁条,两头尖细,形似一枚枚闭目养神的青青竹叶;细细品来,神静气宁,唇齿留香,恍惚如端坐于峨眉的山水间。可惜的是,我却身在红尘,心挂俗世。

我常常在想,喝一杯上好的竹叶青时,桌前应该打开一本《老子》,或者《庄子》。

这世上,不仅有竹叶青茶,还有竹叶青酒。古代时就已经颇有名气的竹叶青酒,是以黄酒加竹叶合酿而成的配制酒。西门庆在《水浒》里曾经说过,"……那酒是个内臣送我的竹叶青",可见,明代就已经有了竹叶青。其实,早在梁代,梁简文帝就慨然吟咏过的"兰羞荐俎,竹酒澄芳",就是竹叶青,至于北周文学家庾信《春日离合二》里的"三春竹叶酒,一曲鹍鸡弦",更具文学色彩了。

竹叶青,早就是宫廷御酒了。

而现代版的竹叶青,是以陈年优质汾酒为基酒,以低聚果糖、淡竹叶、陈皮、木香、檀香、砂仁等十余种名贵中药材为功效成分精制而成的。据说,这一配方的研发者,是明末清初的爱国者、著名医学家傅山先生。尽管这略呈金黄碧翠的酒液,柔和爽口,香味醇厚,但是,一个喝惯了干烈白酒的人,往往也喝不惯。我的祖父一生嗜酒。有一年,他喝竹叶青,只在嘴角咂了一口,就倒掉了。还有点生气地说:"这哪是酒呀!?"

依中医理论讲,竹叶青酒能改善人的肠道功能,可肠胃不好的祖父,偏偏一口都不爱喝。

- 091 -

碧螺春的春天

春天的路上，应该有一朵花扶着另一朵花，在风中摇曳。可是，时不时有一场薄雪悄然而至的这个春天，让如期而至的一点春意又荡然无存了。这样的坏天气，天空阴郁，云朵乌黑，像满腹心事的样子；而我在拥挤的公交车上，听到的是附近郊区的果农们因为冻坏了园子里吐蕊的苹果花而伤心的交谈——冬天去了又来，这就是2010年北方的春天。

可是，当我静立于书前，却是春意盎然——仅仅，因为有一杯明前的碧螺春喝。

它到达我的桌前时，我一下子就喜欢上了。紧结的条索，微微显露的白毫，卷曲成螺的样子里，藏着诱人的碧绿。这是我第一次喝到明前的茶，无疑，这对于一个常常喝陈茶的北方人来说，像是一次舌尖的艳遇。按照友人提示的泡法，在深深夜色里恣意享用时，洞庭春色——不是湖南洞庭湖的洞庭，而是太湖之滨的洞庭山的洞庭春色，千里迢迢地来到了春寒料峭的北方。

让春意加深变浓，甚至浓得化不开的是有一只宜兴的紫砂壶，裹挟着一个人的心，已经不远万里地上路了，像是与明前的碧螺春赴约似的。虽然，它的路线图是从宜兴一家手工的紫砂作坊，再到苏州观前街有名的茶馆，复又经过一双纤纤素手的精心包裹后开始出发的，兴许，它会在一个春阳暖暖的下午到达它的终点。像是一个人经过小桥流水粉墙黛瓦款款而来，身后的山岭与城市消失了，留下来的是一个春风沉醉的夜晚。

辑四

  有一张祖传的梨木方桌迎接手工的紫砂壶。它的一角,是一台老式的唱片机,里面放着昆曲或者古琴;另一角,是一杯刚刚沏好的、冒着热气的碧螺春。
  桌前,是一介安贫素远荣利的青衣书生。

河南也有茶

一提到茶，人们总会先入为主地想到浙江的西湖龙井、江苏的碧螺春、福建的铁观音，或者云南的普洱茶。似乎茶与西北乃至中原丝毫没有关系。其实，这是惯性使然，并不准确。据我所知，甘肃陇南文县一带的龙井和河南的信阳毛尖，亦都好喝。尤其是河南信阳，早在古代，这里就是名满天下的产茶区。

一次，去郑州，临别时朋友赠我一筒茶，说，这可是河南的特等品，得慢慢品。我当时并没在意，心想，河南能有什么茶呀？！回来，某日晚上，忆及友人，就打开他送我的那筒信阳毛尖，泡于当年漫游苏杭一带时从宜兴带来的紫砂壶，谁知其味居然在我喜欢的西湖龙井之上！嗅嗅茶杯，余味宛如一首隽永的宋词。

就这样，信阳以及信阳毛尖同时进入了我的视野。

地处秦岭一带的信阳，与安徽淮南一带相连，整体上看，是中国地理的南北分界线。本来是一衣带水的两座城市，前阵子却因为建造南北分界地标的事还争吵了起来。吵归吵，但改变不了这一带的群山逶迤，奇峰高耸。看地图知道，这里溪流遍布，常年云遮雾障，土层深厚肥沃，湿度极大，适合茶树生长。也难怪，信阳毛尖是名茶之一呢——在历史上，信阳毛尖不但一直是朝中贡品，而且，茶圣陆羽在其《茶经》中也把信阳毛尖列为茶中上品。

其实，在那部有中国茶史第一人之称的陆羽的《茶经》里，信阳毛尖还不叫信阳毛尖，而叫光州茶。当时，信阳一带的产茶区归属八大茶区之一的淮南茶区。虽属淮南，却又自成体系，具体些，就是"五山二潭"。所谓五山，即车云山、震雷山、集云山、云雾山、天云山；所谓二潭，即黑龙潭和白龙潭。"五山二潭"是信阳毛尖的主要产茶区，尤以车云山出产的茶叶品质最佳。

  朋友送我的信阳毛尖，是五云山牌，具体来自哪座山，不知道。初看，条索细圆、紧直，有锋芒，茶芽肥壮，柔软细嫩。待泡开，则汤明而绿，香清且远，味醇而深，一点也不负宋代大文豪兼美食家苏东坡"淮南茶信阳第一"的千古定论。

  以前，我只对西湖龙井情有独钟，它产自江南，适合一个北人内心的渴意。而现在，我亦喜欢信阳毛尖，因为那里有我的友人，有我们高举灵魂亲切交谈的一个个美好夜晚。

黄河上的茶船

最早的茶船，非品茗之所，乃茶具也。我手头有一册中国茶叶博物馆馆长王建荣主编的《中国老茶具图鉴》，里头就有不少茶船的图片——古人真是有心而用功，做得精致又好看。作为古代流行的一种置茶盏的承盘，茶船亦名茶托，或曰盏托，其用途大抵是防烫手所用，只是因其形似舟，遂以茶船名之。

据考证，茶船始于南朝，而兴于唐，且由盏托演变而来。李匡义《资暇录》卷下记载："始建中（780—783），蜀相崔宁之女以茶盅无衬，病其烫指，取子承之。既啜而盅倾，乃以腊环子之央，其盅遂定。即命匠以漆环代蜡，进于蜀相。蜀相奇之，为制名而话于宾亲，人人为便，用于代。是后，传者更环其底，愈新其制，以致百状焉。"

——一次小小的烫伤，就让茶船横空出世。也许，人世间所有艺术品的诞生，起初都源于实用主义，在后来的发展中，才渐渐地成为一门艺术。

当然，这是茶具意义上的茶船。

作为茶馆意义的茶船，则在20世纪二三十年代黄河中下游的徐州一带，就可觅到其浩荡身影了。当时，流行开来的茶船，不叫茶船，叫玩船人家——因其以青花布幔为饰，还被文人雅士们美其名曰"茶船画舫"。听听，多好的名字。徐州城黄河故道上有三个著名的码头：积水坝、坝子街和小北门。过往的商旅贾人，常常楟船于这三个码头之间，歇脚之余，一边赏两岸风光，一边吃茶点茶食、听小曲小调。而实际上，它更像是一处

辑四

停在水上的古老驿站，在承载着物流集散之余，延续着繁华码头的日常生活，琐碎，且不失温情。据史料载，徐州黄河故道上的茶船，不但外地的土产杂货、五谷杂粮、粗瓷年画悉数达到，本地席行巷腕子汤、徐州角蜜、三刀、条酥等糕点也纷纷登场。想想，彼时的茶船，更像是一幅有着人间烟火气的风俗画。

时光流转，不知如今的徐州城里还有没有这样的茶船呢？但在黄河穿城而过的兰州城，至今还能见到这样的茶船。

我原以为兰州人的幸福在于能够枕着黄河的涛声入眠，而当我去年夏天公干于兰州城、被友人携至黄河边的茶船上时，才惊讶地发现，此船真应该算是兰州城里继《读者》杂志、牛肉面之后的又一标志性文化脉象了。记得那一天，车出人流如织的广场东口，先北行，复而沿滨河路西行，但见一路上槐荫深深，且有粗犷的秦腔从中传来，循声而去，是一堆一堆的老人在树影下自娱自乐。

不一会，友人说：茶船到了。

下车细看，是一款大型船只，用缆绳固定在黄河的水面上。船上摆满小圆桌，茶客围桌而坐，或闲聊，或打牌。登至茶船，选一临边的茶桌落座，就能看到浊黄的黄河水翻滚而下。也许，一个晕船的人是绝对不敢在此享清福的。古人以羊皮筏子而渡黄河，今人却淡然坐定于茶船，时代真的是不同了。更加不同的是，远远望去，目之所及的不再是茫茫高原，而是河北岸清晰可见的巨幅广告牌，从西向东依次是中国移动通信、阿波罗大酒店、中国体育彩票、银峰酒店等字样。在这样的语境下，显然，有些小家碧玉的碧螺春呀西湖龙井呀是喝不成的。

坐在这种壮观的茶船上，喝什么茶？

当然是兰州有名的三泡台！

三泡台就是盖碗茶，因盖碗由衬碟子、喇叭口茶碗和碗盖子三部件组成而得名。不过，兰州的三泡台和别处的盖碗茶有所不同。不同之处在于配料更见丰富——如果茶碗里有春尖茶、冰糖、桂圆，就是"三香"茶；如果再加上葡萄干、杏仁，就是五香茶了；如果冲上"牡丹花"的开水——滚沸的开水，饮茶时用碗盖子刮着喝，因此又称"刮碗子"。一般而言，与茶同配八种佐料，三泡台也由此而改名曰八宝盖碗茶。一款讲究的三泡台，得以春尖茶和云南下关沱茶为最上——仅有此还远远不够，还得配上上好的菊花、福建的桂圆、新疆吐鲁番的葡萄干、甘肃临泽的小枣、宁夏的枸杞，甘肃镇原的杏干，而且，荔枝干、优质冰糖，也得是上上品。想想，这简直是要纳五湖四海之精华的一件事了。

与友人各要一杯上好的三泡台，且喝且聊。交谈中渐渐出现了童年的风景，忽然，乌云骤起，暴雨尾随而来，豆珠大的雨点哗啦啦地倾盆而下，被大风裹挟着，斜斜地落

辑四

进茶船中间。一船的茶客遂作鸟兽散,只剩下我,呆呆地看着雨点落进黄河的样子。

水涨船高,但不会高过人间尘世。而茶桌上的那杯三泡台,我也没来得及喝完,就遁入了兰州城的茫茫人流里。但我一直在想,为什么江南多水,我却从没见过纵横交错的河道上有茶船飘过,唯独在黄河上才有茶船!

这是不是一个历史之谜呢?

两种喝法

在一座古城的老巷子里，有一家古风盈盈的茶馆，与两三知己，听琴、品茶，一派清风明月，实乃雅事；在一户土墙土房的屋檐下，有人刚刚从炎炎烈日的田间回来，端起一罐泡好的陈茶，仰起头，咕咕咕地喝起来，像喝一罐泉水——在我的家乡，这是麦黄时节常有的场景。

少年时代的我，也这样喝过茶。

第一种很雅，但不能说第二种就很俗。茶即人生，际遇不同，对茶的理解也不同，喝法自然也不同。

答谢词

久居高原，与新茶无缘。但这些年，春暖花开之际，我都能喝到鲜嫩的好茶，那是茶区的朋友们，还能够在这个世风日下的时代念及我们的深情厚谊，常常以捎带、快递等方式，赐我新茶，予我一段安静岁月。我粗略回忆，给我寄过茶的朋友有包光潜、谈雅丽、康丽、韩斌、江少莉、项丽敏等朋友。谢谢你们，谢谢你们让我在沙尘暴的春天，从一杯新茶的汁液里领取一份人间的安稳，也是你们让我想到了一句话：七碗流风，一杯忘世。

差一点去了紫阳

2010年秋天，因为有一册散文集要在西北大学出版社出版，就不得不去一次"秋老虎"正在肆意横行的西安。办完事，和诗人王琪、黄海在饭桌上兴致一来，说大家既然凑一起了，就沿着王琪老家的罗敷河走走吧。于是，背包出发，一副浪迹天下的模样。

这一次，我差一点儿去了紫阳。

紫阳在陕西南部，是一座极具风情的老县城。早在几年前的一册杂志里，看过不少紫阳的图片，喜欢那里的古旧和隐逸之气，也喜欢它典型的陕南风格。所以，此次行走罗敷河的集体行动中，我一直提议绕道去去紫阳，最终因小腿扭不过大腿，就作罢了——当然，最直接的原因是，陇南水灾，在黄渚镇厂坝矿区生活的姐姐一家，受了水灾，手机也打不通了，我只好中途折返了。

好在他们一家子毫发未损。

好在那一次同行的好友赠我上好的紫阳茶，让我未至紫阳，却有了似曾相识的意外之喜，这也多少能弥补一下我跟紫阳老城擦肩而过的遗憾。但在两百多年前，有一个人，却一点不差地到了紫阳城。那是清嘉庆十二年（1807），时任题补兴安知府的叶世倬于清明时节放舟汉江，去了紫阳。此行路上，沿江两岸，油菜花盛开，一派金黄，更添兴致的是，家乡在江南茶区的叶世倬口福不浅，于舟中烹饮清明节前采制的紫阳茶。美景入目，鲜茶入口，不由得诗兴大发：

辑
四

桃花未尽开菜花，夹岸黄金照落霞。

自昔关南春独早，清明已煮紫阳茶。

　　他这一次兴之所至的"自昔关南春独早，清明已煮紫阳茶"，从此以后，成为紫阳茶的一句免费广告词。实际上，紫阳茶的身上，有古巴蜀茶的历史痕迹。公元前1046年，周武王姬发率军伐纣，有一支打着"巴"字旗号的地方部队，从陕西南部的安康出发，雄赳赳气昂昂地参与"牧野之战"。当时的安康兵骁勇善战，他们大获全胜之后，当初在周原祭祀时连清洗祭器的资格都没有的巴人却被进封为子爵，史称"巴子国"。据东晋常璩的《华阳国志·巴志》记载，就是这个偏居陕南一隅的小小的巴子国，"土植五谷，牲具六畜。……茶、蜜、灵龟、巨犀、山鸡、白雉、黄润鲜粉，皆纳贡之。其果实之珍者，树有荔枝，蔓有辛蒟，园有芳蒻、香茗"。而此处进贡的"芳蒻、香茗"，正是古老的巴蜀茶。紫阳茶也正是由此而来，所以说，紫阳茶历史的古老，在于其种植史要比中国茶叶史上第一个有明确记载的种茶人吴理真还要早一千余年，在唐代，紫阳茶独领风骚，是贡茶的翘楚。据《新唐书·地理志》载，贡茶作为一项制度，始于唐高祖武德三年（620）。《新唐书》又载：唐肃宗至德二年（757），山南道汉阴郡——今天的陕西紫阳、汉阴、石泉一带的毛尖茶列为贡品。

- 103 -

可见，早在唐代，紫阳茶已经和四川的蒙顶茶一样，是贡茶的一种了。如今的紫阳宦姑滩一带，据说就是唐代贡茶园的生产基地——可惜我只是差一点去了紫阳，所以不敢多说。但有一个事实是，紫阳茶的风云之处——或者说优势——在于富含普通茶叶缺少的一种元素：硒。因为多硒，紫阳茶具有抗氧化、延缓衰老等作用。这让人不禁遐想，依此推断的话，紫阳一定是宜居之地，为什么？硒多嘛！不过，倘若有钱人都去紫阳小城住的话，那里的房价一定会水涨船高吧！

也许，我这是瞎操心。

不过，我常常莫名兴奋的是，那几筒木盒装的紫阳茶，像是闹钟似的，老在提醒我：在我家乡甘肃天水以东，再往南，是陕西之南，那是一片产茶之地，紫阳茶就是一份写给陕南风情的证词，简洁，干净，犹如清明时节的露珠。

换来的茶

一次在网上看到一则征文启事,是青岛晓阳春茶业公司与某媒体联合征集茶文、茶诗、茶联。当时我刚好写完《回忆罐罐茶》,就随手寄过去了。之后,把这事忘得一干二净。过了好长一段时间后,接到了一个陌生电话,对方的声音甜美如同夜话栏目的主持人。她轻声细语地说:

"您是叶梓先生么?"

"是!"我答。

"衷心祝贺您的大作《回忆罐罐茶》获得本公司举办的征文比赛三等奖。请您再核对一下您的地址,我们将给你快递茶叶,代为奖金。"

晚上上网,一查,我的名字果然赫赫在列于获奖名单当中。而且,居然是从全国八千多份来稿里脱颖而出。我不能免俗地看了看奖品,是一盒五罐装的晓阳春牌绿茶。没有奖金,寄点茶,也好。毕竟,这是崂山之侧的绿茶嘛。崂山绿茶是南方茶树"南茶北引"的成果,它以绿茶为主,兼有少量乌龙茶、红茶、花茶。由于崂山地理位置独特,肥沃的土地、高山云雾、昼夜温差大,加上驰名中外的水源地,崂山茶和崂山绿茶在色、香、味上俱佳。其实,这也是"南茶北引"能引到崂山的原因。换言之,崂山本身就具备茶树生长的各种自然条件。但有意思的是,南茶北引虽然只有短短十来年,似乎已经成绩斐然了。可能的话,这跟历史上的崂山茶也有源渊吧。在神秘的道教文化绵延千年

终朝煮茶，七碗生风

的悠悠岁月中，一直隐现、叠映着崂山茶文化的身影。据历史记载，千年以前，崂山道士就开始在崂山山中种植茶叶，并形成常年饮茶的生活习俗。在崂山道士养生之道的书籍中，留下了许多道士们种茶、品茶的心得。崂山之茶自丘处机、张三丰等道士先后从江南移植而来，亲手培植而成，已成崂山道观的养生珍品。

晓阳春牌茶，就是崂山绿茶的佼佼者。

数日后，茶到了，包装甚是精致。我拿青海带来的银色瓷碗去泡，汤色黄绿，叶底嫩绿有光，香味鲜浓。尤其是茶叶舒展的样子，绰约多姿，仿佛水中的舞蹈。那一夜，我喝崂山绿茶晓阳春的背景音乐，是清水的道教音乐。我以为这是绝配。崂山是道教之山，我去不了崂山访道品茗，却能于家中听着道教音乐，喝着崂山绿茶，也是人生的福气。

亲换亲，命换命，这是西北谣谚，我用自己的小文章换来崂山之侧的佳茗，等我写完这篇文章时，五罐茶也喝完了，不禁有些怅然。

回忆梅园的一个下午

去阳坝之前，就听说那是一片神秘的地方，有偶尔出没于深山大林的大熊猫，有明显带有母系氏族社会特征的男嫁女娶的婚姻模式，还有喝多了让你看人时恍惚觉着长了两个脑袋的"二脑壳"酒——此酒的名字大抵也来源于此吧。等真正踏访完这些之后——大熊猫是没有碰过的——人心里突然生出了放松感，放松感又带来了累意，就哪儿也不想去了。再说，虽然阳坝小镇就这一座梅园，可这是一道绵延数百里的深谷，有三潭、四瀑、五湖，还有四海，哪能一下子全看完。游玩如同死亡，是遗憾的艺术，还是留一些风景给未来。

如此一想，我和老杨索性哪儿也不去，寻了一户谷边的人家，讨水喝。而同行的女记者们都兴致勃勃地去红豆谷捡红豆去了。

进了她家的茅屋，已是下午三点了。听见我们两个人的脚步声，堂屋里出来了一位衣服洗得发白的老妪，清瘦，深目，看上去特精神。说明来意后，老人说："水是有的，要收钱喽。"原来，她在此经营露天的小茶馆，专供游客歇脚，也有儿子经营的农家乐，但儿子外出进货了，这几天也就歇业了。她说自己干不动，只能卖点茶。

"一人三块钱，茶随你喝！"老妪说。

于是，从院子里两撂竹质藤椅里抽出两把，坐下来。

她家的小院，有点不像农家的院落。在我的记忆里，院落应该有墙，可这里的院子

终朝煮茶，七碗生风

只有几间土坯的茅屋，一字排开，再没有什么了，站在院子里，一眼就能看到屋前的山山水水。其实，小小院落没有院墙，是康南一带的一种风俗。这里是陕、甘、川三省的分水岭和交汇地，好像陕川两省，也有这样的风俗。他们这样的院子，让那些把防盗筋越装越结实的城里人有所汗颜。如果这里没有路不拾遗夜不闭户质朴民风，失窃的安危逼得他们非砌上院墙不可。虽然没有院墙，但坐下来极安静。久居此地的家家户户，都是安静的。因为四目之内，不是山，就是树，不是树，就是湖，哪来的不安静呢？要说不安静的，那就是寻游此地的游客们看到清洌的水或者看见大片的竹海后发出来的惊叹声和他们的喧哗声了。

老人拿出了三簸箕茶，说："都是新茶，你们挑。"

一簸箕是毛尖，一簸箕是龙井，还有一簸箕我不认识。在这里喝龙井当然不如在西湖边喝西湖龙井，那可是人间美事。不认识的一种也就不喝了，所以选了毛尖。老妪端走了两簸箕茶，把一簸箕毛尖放在我和老杨眼前的一张梨木方桌上，去提开水了。不一会儿，出来了，熟练地泡好一大壶毛尖，说，你们喝吧，水自己加，我去屋后干活去了。人去屋空，只留下我们两个陌生人。眼前的那只搪瓷大茶壶，越看越像是她家的祖传宝贝，可老人怎么就舍得留给两个不知其详的异乡人用呢？

阳光很暖，很干净，整个院子沐浴其间，偶有斑驳的树影在脚底下随风而动。轻风

辑四

也运送来了哗啦啦的竹林声，听起来像大雨骤至。我把一簸箕茶端起来细看，茶芽的形状似是弯眉，毫毛显露，条索秀丽，可爱极了，像是阳坝大地上的小精灵，其实说它是甘肃的小精灵也不过分——阳坝和毗邻之地洛塘、碧口一带，可能要算中国最北的茶区了。地形像一条丝绸带子的甘肃，唯有这一带产茶，其他地方都在忙着产沙尘暴。如此一想，我心里惬意无比。古代的茶画里，茶具多有梅花点缀，看上去古意盈盈，风雅无限。而我却有幸在梅园里喝茶，虽然不是梅花数枝的梅园，是梅子树遍布其间的梅园，但至少和梅沾了点关系吧。况且，梅子树是珍稀保护的树种了，已经很少见了，只有甘肃康南一带还能大面积地看到。其实，这也是这条大峡谷取名梅园的来历。

我和老杨有一搭没一搭地说着闲话，交谈中渐渐出现了各自的童年、青年，还有爱情。还谈到了母亲。原来，我们都是没妈的孩子了。老杨的母亲在他童年时就早早去世，我的母亲辞别人世已经快一年了。忽然间，都伤感起来了，两个人的叹息和心里的疼，被一口一口抿下去的茶，搅和在了一起。

茶，似乎越来越苦了。

黄绿的汤色里，我对母亲的思念，深了。

不远处，是梅园有名的月牙潭。一汪清澈之水在翠色欲滴的群山里，像一枚被时间遗失的碧玉。我们的身后是茫茫竹海，一望无际。这是我至今见过的一片最大的竹海。

可我无心去听竹海涛声，只想让我的母亲能够死而复生，回到我的身边。

  一个下午，在往事的回忆里倏忽而过，仿佛和落日商量好似的，一起要遁入暮色了。四合的暮色里隐隐传来同行者捡了不少红豆后的笑声和电话声。我听见有人正在娇滴滴地打电话："我给你捡了红豆耶。你想不想我耶？"红豆是掉在大地上的会相思的星星，人们捡到的，只是她的躯壳。但她们乐在其中。老人还没有来，我们把茶钱留在桌子上，用装茶的簸箕压住，来不及告别，就汇入大部队，在苍茫的暮色里拐道去了陕西汉中。

  那一天，是在2006年的春夏之交。

桂花树下

从中国茶叶博物馆出来,右拐,是一条柏油乡间小路。路左是一畦畦绿油油的茶园,右侧是一字排开的农家乐,几乎家家门口都停满了车子。骑着自行车沿路前行了三五分钟,随便选了一家进去,准备午饭。说是选,其实可供选择的余地并不大,只是觉着这家叫吉庆山茶庄的名字好听一些,或者说,跟茶沾点边,算是与众不同之处。

我不知道吉庆山是一座什么样的山。

从一把把椅子的缝隙里寻路进去,人声鼎沸,选了靠里的一个座位。它的妙处在于在一棵桂花树下,繁茂的桂叶伸手可摘。同行的杭州朋友点菜,有河蟹、野笋,还有两道南方野菜,忘了名字。饭毕,本想找一家茶馆喝茶聊天,忽一想,不如就在桂花树下喝,既免了舟车之苦,又颇得荫凉之美。于是,要了两杯西湖龙井。店老板很客气,也很坦率:"喝明前的,还是明后的?"

当然喝明前的。

一个常常喝陈茶的西北人,很少喝到新茶,更别说明前茶了。既然千里迢迢来到杭州,而且就在茶园边上,岂能喝明后的?

"价格不一样的啦!明前的一杯五十。"

想听听吴侬软语,可她的普通话说得字正腔圆。

"那就明前的。"不一会儿,茶端上来了。朋友似乎有点累,在椅子上不知不觉睡着

终朝煮茶，七碗生风

　　了。我一个人百无聊赖，看见远处有报童走动，就买了份当天的《钱江晚报》。恰好，报纸上就有茶叶经济的新闻，但不再是前两天看的关于茶叶博物馆相关活动的内容，而是西湖龙井销售现状的独家调查。细细一看，吓我一跳。新闻上说，市面上的西湖龙井有不少是假的。标题上端，有一段被放大的黑体字，如此写道：杭州市场上的正牌西湖龙井，连五成都不到。据记者调查，目前受地域保护的正牌西湖龙井茶年产量大概只有360吨，而杭州市场上每天的销售量可能都超过了1.2万公斤（12吨）。换一个说法就是，正宗的西湖龙井哪怕只在杭州市场上卖，一个月也就卖光全年的存量。报道还说，假的西湖龙井里，浙江龙井要算大头，而冒充西湖龙井的浙江龙井，大多是产自萧山、富阳的钱塘龙井和产自绍兴、上虞等地的越州龙井。

　　钱塘龙井和越州龙井，我也喝过。其实，它们可以名正言顺地出现在市场上。也许，我这样说，是站着说话不腰疼。如此胡思乱想之际，店主过来续水。

　　我问："我这茶，是西湖龙井，还是浙江龙井？"

　　她笑笑，没吱声，去了邻桌。

　　这是莞尔一笑，还是吊诡一笑，我吃不准——用杭州方言说，就是"搞不拎清"。倒是我继续读报纸时把浙江龙井与西湖龙井的异同给"搞拎清"了。新闻的后面附有购茶小贴士，介绍说，浙江龙井扁体窄，香气淡，汤色浑，而西湖龙井的香味浓而醇，叶色

辑四

发黄，汤汁清亮。本来，我是想在桂花树下闲情逸致地喝一会儿茶，可读完新闻一下子没兴致了，不想喝了，就抬头赏桂。我是一个北人，对桂花知之甚少，亦不知这到底是一棵月月桂还是日香桂。不过我倒希望这是一棵能开黄白色花的桂树，因为我喜欢白里泛黄的花。

　　叫醒躺椅上睡着的朋友，付了茶钱，骑车离开，打算去盖叫天的故居玩。

题襟馆前

2011年的春节，朋友赠我一枚闲章，是在西泠印社刻的，刀法流畅，我极喜欢。于是，托她在那位据说叫朱恒吉的印人跟前又刻了一枚"西北有茶客"的闲章——这次到了杭州，去取，也想顺便拜访一下他。进了西泠印社，因为天气阴冷，游人稀少，远不如西湖边热闹。在友人的带领下，拾级而上，至西泠印社的遁庵，友人说：刻章的人就在那里面干活呢。

干活，这个词质朴，所有的艺术都包括体力的那一部分。

进了房门，只有两名工作人员，一男一女。一问，才知道朱恒吉外出了，就凭票取了印章，匆匆离开。古人有寻隐者不遇的小遗憾，不过，未见隐者，看看隐者所居之山，也未尝不可——比如我，没见上奏刀之人，却在这阴雨绵绵的春日领略一番遁庵的清雅。遁庵，是西泠印社创始人之一吴隐的别号。好像是1915年左右，吴隐"于印社迤西隙地得虚堂数楹，祀吴之光世泰伯仲雍季札于其中，名曰遁庵"。房子有门联，曰："君子好遁，弥勒同龛"，一看，竟然是吴昌硕的墨迹。庵堂柱上，还有一副六言体的隶书联，曰："既遁世而无闷，发潜德之幽光"。联为张祖翼所写，大意是说，高洁的君子，都甘于退隐，也就没有什么烦闷了。

雨，渐渐大了，在门口乱拍了一通照片，就离开了。胡乱行走间，到了题襟馆。建于民国初年的题襟馆，是一座中式花园别墅，依山取势，坐北朝南，是吴昌硕当年在杭州的创作之地。其实，题襟馆是吴昌硕领衔的沪上书画组织题襟馆书屋的名称，1913年西泠印社在孤山成立后，第一任社长吴昌硕在印社筑屋，将此雅号移称屋名，1914年馆舍落成，又称隐闲楼，取苏东坡诗意。吴昌硕每次来西湖，必拾级孤山，攀石题襟馆，称"每居此，则湖山之胜，必当奔集于腕下，骈罗于胸中"。

现在，题襟馆已经辟成陈列馆了。

题襟馆的门前，是一片开阔的平地，有露天茶摊，于是坐下喝茶。小雨还在下，雨脚不紧不慢，因了葱郁树木的掩映，不觉雨大，但还是有小雨点斜斜地落进茶杯，像奔赴一场约会。在这里喝茶的妙处，不仅仅是幽静，还能看到西泠印社的全景。这里要算西泠印社的最高点，有一览无余的视觉优势。在题襟馆前，看过去的西湖也是不一样的，至少不是游人摩肩接踵叽叽喳喳的西湖，而是一碧万顷湖面辽阔的西湖。远处有雾升起，朦朦胧胧，真是雨西湖胜过晴西湖，让人觉着"水光潋滟晴方好，山色空蒙雨亦奇"的句子，一定是苏轼在阴雨之后写下的。

茶摊的老板过来续了一次水，又走了。

只剩下我和朋友，两个人，望着西湖，不知道说些什么。

"长溪茶"

长溪在哪里？

在婺源！

这些年，婺源是一个炙手可热的地名。每年春天，无数游客浩浩荡荡地奔向那里。于是，曾经安静的婺源变得不安静了，天南地北的游客让婺源老街像一条不散的集市，游人如织，人满为患。而藏于婺源西北深处的长溪村，宛似一枚绿松石，在大山的怀抱里静若处子，无人知晓。

从婺源到长溪，要走山路。

路随山势，很是蜿蜒。一路上参天古树绿意盎然，鸟鸣之声不绝于耳，如果你足够幸运的话，还可以在山路上与一位背着柴刀的农夫不期而遇，他们的背影见证着一座村庄的古老与淳朴。沿山而行，大约十公里后，掩映于古树深处的村落就是长溪村，马头墙的上空飘着朵朵白云，仿佛长溪村双手托起的欢迎横幅，村口的古桥宛似迎送客人的"特使"。初听长溪之名，就能联想到它必定是一座溪水环绕的村庄——果然如此，这座始建于宋代淳化年间的古村有一条清澈的小河在村前潺潺流过。此河，即长溪河，婺源的四大水系之一。长溪的倒影里，青山、绿树、古屋映为一体，宛似一幅绝美的风景画。

这样的村子，若不产茶，岂不是负了一方山水？

长溪村盛产云雾，所以，这里的茶也就是典型的高山云雾茶。有一年，我在婺源县

辑四

城偶遇丫玉，后来又碰上了长溪的仙枝。如果说丫玉如其所名有少女情怀的话，那么，仙枝则因条索紧细、香气清香而独具少妇之风韵。除此之外，这里的雀舌扁而圆，细观其形，一派清致，让人仿佛置身一处鸟鸣不息的森林，且有阵阵松风吹来。其实，长溪村的高山云雾茶，不管丫玉还是仙枝，不管毛尖还是雀舌，倘若在长溪村寻得一小院，安安静静地喝一杯茶，任往事如梅花般纷纷落下，也是人生的一桩美事。

意味深长的是，长溪之茶，甚至婺源之茶，曾经一直只以"中国绿茶"的名称行销市场。这种不事张扬甘于隐身的姿态，反倒衬出它们的本真。我更愿意将长溪的茶称之为"长溪茶"——我之所以杜撰出这样一个名字，是对大地上至今还保留着淳朴民风、没有在旅游大行其道的时代丢失自我的古村落致以敬意。这样的村庄，让日益膨胀的人心不忘来处，仿佛耳边有警钟时时敲响。法国诗人圣-琼·佩斯在获得诺贝尔文学奖后的答谢辞里自问自答：在原子时代，诗人的泥灯足够吗？——够的，如果人们还能记得泥土。

是的，我们必须记住泥土，就像我们应该记住大地本来的模样，不要在这个水泥钢筋的时代里去伤害一座又一座古老的村落。

乾元茶场的夜晚

出宜兴城，向西南行，望不到边的远处就是皖南山区。我知道，那里藏着一座座安静的古镇，徽派建筑粉墙黛瓦，令人迷恋。然而，我此行的目的地不是皖南，而是苏、浙、皖三省交界处的太华镇，这也是一座历史悠久的小镇。车行路上，四周群山环绕，层峦叠嶂，飘进车窗里的空气清新如饴。透过车窗玻璃，亦能看到一望无际的毛竹倚山抱石，千姿百态。半道停车，路边有潺潺小溪流过，晶莹清澈的流水让同行者不禁惊叹，在这雾霾横行的时代里，几近沦陷的江南竟然还有如此清新的小镇。

继续前行，乾元茶场到了。

江南的春天，风柔景媚，处处惹得游人醉。不过，游客如云也是一把双刃剑，让你寻一处静谧之地时会束手无策。此次漫游宜兴，朋友善解人意，寻一处藏于大山深处的茶场，人稀景幽，不失为明智之举。提到宜兴之茶，总能让人想起苏轼当年"船入荆溪"的佳句，这位宋代的著名茶客一定在古称阳羡的这片大地上喝过最好的茶。宜兴产茶，历史悠久，那句"天子须尝阳羡茶，百草不敢先开花"说的就是宜兴茶自古享有盛名，不仅深受达官贵人的偏爱，而且颇受文人雅士的喜欢。历史上的阳羡茶产于宜兴的唐贡山、南岳寺、离墨山、茗岭等地，周高起在《洞山岕茶系》里谈到阳羡茶时深情款款地说，"淡黄不绿，叶茎淡白而厚，制成梗极少，入汤色柔白如玉露，味甘，芳香藏味中，空深永，啜之愈出，致在有无之外"。这些年，在我有限的了解里，宜兴茶中的阳羡雪芽、荆溪云片几乎跟宜兴的紫砂壶齐名了,在茶客中留下深刻印象。

　　已有60余年历史的乾元茶场,秉承的正是阳羡茶的精华。乾元茶场既有阳羡雪芽,亦有太华翠竹,最让人叹为观止的是这里的茶比普通春茶要早十五天上市。这份大自然的恩赐,源自莽莽竹海让它拥有如此奢华的历史机遇。当然,更离不开乾元茶场独具特色的"叶氏八法"。相传,公元1761年,黄河发生特大水患灾害,宗姓师傅一家逃难宜兴,受到当地人的热情款待。他被这里的淳朴民风感动,于是定居下来。心怀感激的宗师傅一直琢磨着能为大家做些什么,一次,与当地居民闲聊中偶然得知家家都有饮茶的习惯,但多为粗茶,宗师傅决定潜心研究茶道,希望让大家喝上最好的茶。他研究众多典籍,经过一次次的试验,最终形成了一套制茶体系,共有八个核心步骤,后被称为"宗氏八法"。"宗氏八法"始于采茶,终于密封,其间的萎凋、揉捻、发酵、烘焙、拣剔以及拼配,环环相扣,步步紧随,摒弃了工业化生产的流水线,闪烁着手艺的光芒。

　　茶场的茶艺师小谭,还给我们讲了一则故事:

　　有一年清明节前,乾隆微服私访宜兴,顺道寻访紫砂艺人,却意外发现宜兴已经早早有了新茶,品之满口芬芳。当地茶农告诉乾隆,宜兴的茶要比普通春茶早十五天,乾隆听罢心生欢喜,赞叹道:"领春之气,妙不可言",并赐宜兴茶为"江南茶王"。

　　晚餐就在茶场的食堂,一桌土菜,仿佛固定下来的宜兴风情。面前的一杯乾元早春红，淡了下来，酒醉的诗人也清醒了不少，是该返程了。从一楼的食堂出来，乾元茶场的风有点凉意，抬头看天，满天的星辰在秘密交谈，让人恍惚觉着，乾元茶场如同一位远离尘嚣的处子，在这群山环抱的地方宠辱不惊地生活着，不计繁华，不虑悲欢，淡淡定定，从从容容。

这样的夜晚，是人生履历里美好的一页，有点舍不得翻过。

碧螺春虾仁

杭州有龙井虾仁。

苏州有碧螺春虾仁。

说白了，这是苏杭两座城市分别用自己家的土特产跟虾仁搭配了一番，仿佛谁都不认输，各说各的好。这些年，我在杭州和苏州都生活过，龙井虾仁吃过，碧螺春虾仁也吃过，若要比较两者的高下，还真的难以分辨。其实，一款美食，哪有高下之分，只能说是各有千秋，况且，这样的时令菜跟厨艺、心绪、环境大有关系，一言半句说不清楚。不过，它们的背后，都藏着一座湖，龙井虾仁是西湖，碧螺春虾仁是太湖，前者宜食于西湖的湖心亭，后者宜食于浩渺的太湖之畔。当然，有微微春风拂过，更好。有趣的是，我吃过的最好的碧螺春虾仁，竟然是在人流如织的山塘街。松鹤楼是苏州的一家老牌饭店，我在山塘街松鹤楼吃过一次碧螺春虾仁，口感颇佳，至今记忆颇深。那一次，莹白的虾仁上有点点翠绿，绿得恰如其分，绿得人心安稳，以至于我在饭桌上就想起了这个句子：

酡颜玉碗捧纤纤，乱点余花唾碧衫。

这是谁的句子？

忘了。

我请教过苏州几位烧得一手好菜的朋友，他们的经验是，碧螺春虾仁要做得好，虾仁的腌制很重要，得在四成热油中滑熟。而且，虾仁要新鲜，还得手剥，手剥时一定要掐头去尾，这样才能保留虾仁鲜嫩的口感。

可惜，我试过几次，都不理想。

碧螺峰下炒茶人

春雨如酥。

淅淅沥沥的雨中，远处的碧螺峰山色如黛，仿佛洗过一般，让太湖之畔的绿意拥有别样的清亮之光。就是在这样一场别有深意的雨水里，我驱车前往杨凤莲的家中。我在吴中集团认识她两三年了，偶尔的交谈中知道她父亲炒了几十年茶叶，就相约拜访一下老人。这些年，我见过不少头顶非遗传承人的炒茶大师，他们不仅会说，更会表演，反而惹人厌烦。所以，我更喜欢那些默默无闻的炒茶人，他们不事张扬，却对茶有着更深的感情。时光如梭啊，一晃，一年多的时间过去了，访谈的事一直没有成行。好在又是一个春茶刚刚上市、又有春雨如玉的好辰光，终于成行去访问一位炒茶人，是多么应景的一件事。

尽管，这是一次迟到的访谈。

入门，落座，她的父亲就泡上一杯新炒的茶，然后直奔主题，一个炒茶人的人生大幕渐次拉开："差不多16岁的时候，我就跟着家里人学炒茶了。好像是1946年的事了。那时候，炒茶真的算不上手艺，是最基本的生活技能。那时候，家家有茶山，家家也都在炒茶。炒了这么多年的茶，要说什么经验，一时半会儿还说不上，反正就这么炒过来了。"

他是一个不善言词的人，讲得有一搭没一搭，但我都认真地记了下来，而且能听出中间的脉络来。

　　最让他刻骨铭心的事，竟然了无新意：那就是刚刚学炒茶时，一不小心就把手给烫伤了，硬是在最忙的时节休息了十来天。不过，稍稍与众不同的是，这样的经历让他狠下念头，一定要学好炒茶的手艺，免得让父母亲操心。几十年过去了，现在他炒得一手好茶，碧螺春茶的高温杀青、热揉成形、搓团显毫、文火干燥四道主要工艺，他都了然于胸了。在他的家里，我也见到了他炒茶的整个过程，有着行云流水般的流畅。而且，我从中看出一股家常的味道。他炒得认真，炒得旁若无人，不似非遗传承人那样，动作优美得令人不敢相信。

　　他，时不时会拭去额头的汗水。

　　这也是最真实的炒茶细节。

　　我记忆最深刻的，除了"茶不离手、手不离茶"连续翻炒的熟练之外，就是搓团显毫的动作，也很老练，仿佛他的那双手有一股神奇的力量，新茶独有的茸毛通过他手腕上不断变化的力量，不一会儿，就变成了一条条蜜蜂似的细腿——一锅新茶，差不多四十分钟的时间，就出锅了。一出锅，他马上给我换了一杯新炒的茶。我觉得有点浪费。他说，碧螺春的好坏，三分原料七分炒，炒得好与坏直接决定了茶的品质。但每个炒茶人的手法大同小异，秘诀也就在于小异。相比于可以在炒茶机中完成杀青的西湖龙井，

辑
四

碧螺春的螺形形状就决定了它的每一步工艺都是手工的。

他的那双手，布满老茧，略微发红，这正是手艺人的手。

这些年，茶文化大行其道，一枚神奇的树叶背后一下子出现了不少追随者。不过，在他们看来，炒茶是件很风雅很诗意的事，就像是他们的诗与远方。其实，这是南方日常生活里的一项辛苦的劳动。对一介茶农而言，光是春茶的采摘就像打仗一样，得争分夺秒，因为一年里的开支就靠这个月的收成了。采回来，要赶紧炒，一般是早晨出门采茶，晚上回来连夜炒。站在一口热锅前，只能穿一件薄薄的棉衫，才不会出太多的汗。在杨湾村，在吴中的东山西山，像杨伯伯这样的炒茶人，还有很多。他们都是身怀绝技的人，当然，他们对茶叶的感情最深、最浓。但是，他们的心底也有着同样的焦虑，越来越多的年轻人外出谋生了，或者开公司的，很少有年轻人愿意跟着学炒茶，都不愿意在一口热锅跟前赚钱了。

他们的这门手艺，该传给谁呢？

这让人不禁有些杞人忧天，再过十年、二十年，或者更远的时间，我们如何喝到一杯纯正的碧螺春呢？

挹翠轩记

苏州之南,是烟波浩渺的太湖,水天一色,如梦似幻。那里的东西两山,仿佛一处远离人烟的桃花源。有一次,去西山的路上,朋友指着一座小山说,这是旺山。朋友还说,旺山虽小,名气不大,但那里有一家挹翠轩茶楼,在竹海深处,挺不错的。

我一下子来了兴趣。

这几年,去过一些颇有名头的茶园,比如西湖之侧的青藤茶馆,好是好,但终归在闹市里,等你穿过滚滚车流七拐八弯在茶馆坐下来的时候,喝茶的心境总会减半。于是,冲着那片传说中的竹林,去了。

挹翠轩茶楼就在苏州颇有名气的环秀晓筑养生度假村里。

入度假村,径直朝竹林深处走去,虽不及安吉竹海那么恢宏壮观,但"万竿绿竹影参天,风曲鸟鸣入山幽"的意境还是有的。漫步竹林小径,一派幽静。古人品茶有"宜竹林宜古琴"的讲究,在这样一处远离市廛之地,静坐茶楼,当是一场清福。入茶馆,选一雅间,坐定,点了一杯碧螺春。茶艺师泡茶的间隙,朋友带我闲逛了一番。这是一家具有浓厚传统文化气息的中式茶苑,竹林掩映的落地窗,精致的家具,古趣盎然的小小摆件,处处彰显的是吴文化的风雅清嘉。

临窗而坐,满目翠色,琴声渐起,是《良宵引》。

以前,我以为,轩者,房子耳。而挹翠轩却是茶楼,雅间若干,单间若干。为什么会取这样一个名字？据说与这四句诗有关："挹来泉水试新芽，翠冷香浓味正佳。轩雨轻携山竹意，茶烟漫笼阶前花。"这到底是一首古诗，还是择其四句而串成的呢？我查阅不少资料，不得而知。一壶碧螺春淡下来的时候，喧嚣散去，尘世亦远。茶案上的几枚苏式点心，静默不语，仿佛见证着什么。后来，蒙友人厚爱，几次去挹翠轩参加雅集。其中一次，偶遇古琴大师朱晞先生。是日，窗外飘着细雨，让朱晞手指间流淌出来的《平沙落雁》更有意味。

数年前，读王维的《竹里馆》，因为没有独坐竹林的经历，不解"独坐幽篁里，弹琴复长啸。深林人不知，明月来相照"的美妙深意。现在，在旺山竹林深处的挹翠轩品过茶了，听过琴了，终于可以穿越时光的长廊懂得王维内心的淡泊与宁静。而挹翠轩就是一处能给当代人疲惫的心灵提供停歇的雅致之地，倘若还有一弯皎洁的明月抵临旺山夜空，那该是怎样的一种意境呢？

烘青豆茶

今年年初，杭州日报副刊中心的编辑周华诚寄来一张明信片。上面的图片就是他拍摄的塘栖古镇，很江南，也很诗意，让人更加心向往之——塘栖的超山，是赏梅胜地。去年梅花开了，友人相约，可惜我太忙，没能成行，心想等枇杷熟了一定去看看。这几天，枇杷熟了，就想着该弥补一下关于梅花的小遗憾，于是驱车前往。到了古镇，枇杷节的开幕式刚刚结束，大红的地毯还没撤去，游人如织，马路上到处都是枇杷摊子，一派红火。和预订的农家乐主人接上了头，他在镇公交车站门口等我们，有点像地下党接头的意思。到了枇杷园，有不少亲子游，成群结队，人多而杂乱，索性买了一篮子折回古镇。听说水北街不错，就跑去逛。过了一座桥，桥下面就是水北街，挤得水泄不通。兴致大失，索性躲进一家茶馆。一进门，主人热情地迎过来，问："喝什么茶？"我说："龙井吧！"就在刚才，我还看到有人在临街的小店门口现场炒龙井。细细一看，有表演的味道，引得一帮游客围得水泄不通，而他的身后，是一位妇女热情洋溢地给游客们兜售茶叶，这也算当代版的夫唱妇随吧。她推荐说："烘青豆茶，蛮好蛮好。"我没听懂，复问，她改说普通话了——在普通话和方言之间能够灵活转换，已然是当代江南小镇村民们必备的技能之一。我依了她的建议，算是尝个鲜。茶端上来了，吓我一大跳，这哪是茶，简直就是一碗汤，萝卜干、野芝麻、橘皮，都有，要是再加半碗米饭，就是茶泡饭了。她可能看出我的惊讶，忙说："好吃的！好吃的！"南方人把喝茶叫吃茶，把喝酒

辑四

也叫吃酒。不过,这碗茶可真正配得起"吃茶"二字。街上的行人,丝毫没有散去的意思,我想看看人去楼空的水北街,就坐在茶室里等。主人也坐下来,跟我闲聊,问,你是搞艺术的吧。我笑而不答。我的笑而不答一定增加了她心底的神秘感。于是,她开始滔滔不绝讲起茶来:"我们塘栖,每年春天有'打茶会',妇女们带着自己的新茶,串串门,尝尝鲜。你喝的这茶啊,就叫烘青豆茶。看起来简单,要做好,也蛮难的。橘皮要渍过盐的,野芝麻要炒过的,萝卜干也是自制的,最好是过江从萧山买来的。还有紫苏籽,也要炒炒的。茶就是径山的茶,听说寺庙里的和尚最爱喝。我们都是古镇开发了以后,才学着炒的,弄不拎清的。今年春天,街头的一位老人死了,她炒的茶可香呢,以前老有电视台的人跑来给她录像。"暮色抵临,水北街的游客散去,古镇渐渐安静了下来,我起身告辞,出门付茶钱时她竟然不收,说听她讲了这么长时间的话,算朋友了,哪能收钱呢——看来,我们每个人都是孤独的,孤独得要给一个陌生人免了茶钱。我携带着自己的孤独混入水北街的苍茫暮色,不知将往何处。

装在雪碧瓶子里的茶

早就听说楼塔的狗肉好吃，可我没吃过，也不想吃——我不是素食主义者，但还是有所吃也有所不吃。还听说楼塔有一种从明代传下来的乐曲，叫细十番，几年前就列入国家级非物质文化遗产，真想有机会能听听。可我去楼塔玩，不是去听"细十番"。即使想听，也未必听得到。现在的非物质文化遗产的传承人，虽然身怀绝技，但除了有酬演出与官员考察，一般也不轻易示众。不知萧山是不是这样，反正我以前待过的地方就是如此功利。扯远了。那我去楼塔干什么？没目的，朋友的老家在楼塔，跟着瞎玩。

去的时候恰是春风沉醉的时候，也是采新茶的时间，所以，此行楼塔，最想去的就是茶园。

在萧山，一提到茶，不是三清茶，就是湘湖龙井。三清茶因产自戴村镇云遮雾绕的云石山而得名，这几年的名气渐渐大起来了，而湘湖龙井有点借西湖龙井之名行促销之事的意思。其实，楼塔也有茶，它的炒青圆茶已有百余年的历史，但一直处于自产自销的境况，不为外人所知。在茶学里，这种茶叫圆炒青，绿茶的一种，好像最有名的圆炒青在绍兴的平水镇，茶因镇名，故叫平水珠茶。楼塔在萧山南端，与富阳、诸暨接壤，与萧山的其他镇街相比，经济相对落后，但山秀水美，民风淳朴。其实，大家都明白，越是经济落后的地方，民风越淳朴。

车入楼塔，到了一个叫洲口桥头的老街，见有沿街交易茶叶的摊贩，想下车一探究竟，朋友说："我家有的，去了慢慢喝。"

到了朋友的家，一个叫长山坞的村子。因为合并，现在叫萧南村了。其实，长山坞这个名字，多好听。家是三层小楼，背靠绿意盎然的青山。进门，寒暄，一番客气下来，朋友的老母亲递来一杯茶："今年的新茶，吃吃。"她泡的正是炒青圆茶。此茶外形圆紧，一粒粒散开，宛如珍珠。在民间，不少事物的命名直接取其形状，简洁，干净。两泡之后，茶香仍然醇厚，汤色墨绿，叶底光亮，在一只龙泉瓷杯里煞是好看。

朋友领我去看她家的土灶，不在厨房，在一间侧房。

"在我们长山坞，不少人家都有土灶，专门炒茶吃的。"朋友的老母亲说，"楼塔的炒青茶，自己吃的多，所以简单，杀青、揉捻、干燥，就完了。杀青最关键，用柴火将杀青锅烧热，要烧到180℃左右或者更高时，倒进茶叶，这是获得绿茶应有的色、香、味，温度要先高后低，要杀匀、杀透，要老而不焦、嫩而不生。等出锅了，要及时用手揉捻，用力要均匀，揉散要结合，让茶叶的温度降下来。最后就是干燥，用文火，锅不烫手，轻炒慢干。这样，茶的色、香、味、形，就会出来了。"

她一边"解说"，一边辅以动作示范，怕我听不懂。

朋友的母亲，也是这个村子的，她贤惠、勤劳，安于现状。每年春天，她唯一的农活就是采茶，然后自己炒。她炒出来的茶，不销售，送儿女、送亲戚朋友，典型的自给自足。

　　我端着一杯茶，在朋友家的院子里找来一把竹椅，坐下来晒太阳。那天的阳光真好，温润怡人，轻风吹过，对面如黛的青山上的花香扑鼻而来。小院子的右侧是一条无名小溪，清澈见底的溪水淙淙流淌，像是弹奏一支大自然的赞美之歌。在这样的小院子生活，该有多好。临别，她要送我今年的新茶，我有些不好意思，婉拒，可她麻利地从冰箱里取出装好的茶叶，塞给我。我一看，颇惊讶。她居然把炒好的茶装在雪碧瓶子里，这是我头一次见。她似乎看出我的惊讶，赶紧解释：

　　"瓶子洗过的，干净的，太阳也晒过的。装茶叶，蛮好蛮好。"

　　——其实，我不是嫌雪碧瓶子不干净。

　　我顿悟。这才是真正的民间的茶，不需名贵的茶叶罐，不需华丽的包装，有着日常生活的烟火气息。就连主人都是那么朴实、憨厚。

　　那两瓶茶，我已经喝完了一瓶，一瓶没舍得喝。

一道一道地喝

去南浔，想投宿三碗茶客栈时，到门口一看简介，才知道客栈的名字就取意于南浔的三道茶。客栈的徐阿姨一脸笑容，说："不好意思，客满了。那就喝杯茶吧。"她说的茶，是三道茶。正好走累了，而且这里临河，风景不错，就坐下来喝一杯，消磨时间。

三道茶是南浔招待贵客的茶，三种味，甜、咸、苦，要依先甜再咸后苦的次序，一杯一杯地喝。

这样的茶，我还是第一次喝。

第一道甜茶，当地人叫风枵茶。茶碗里放些"糯米锅糍"——它们叫"蛋底"——加些白糖，用开水一冲，就可以喝了。我怯怯地喝了一口，甜香，糯滑，毫无茶味。问徐阿姨，她只说对的对的，茶在后面。在当地，也有人叫此茶叫锅糍茶，名字跟它的做法有关：先把糯米煮成饭，把饭放在热铁锅——最好是南方乡下用的那种大铁锅——贴一会儿，等烧成锅巴，再用来冲泡，讲究点的，还要加点桂花。其实，这第一道甜茶就是南浔人的一款早点。这让我想起了家乡的罐罐茶，边喝茶边吃馍馍，茶喝完了，早饭也吃毕了。据说，南浔人以请吃风枵茶示以尊重，所以要喝完，而我第一次喝，口味对不上，浅尝辄止，真是罪过。

第二道咸茶，也就是南浔的熏豆茶。

一进南浔，我在小摊上就见到了有熏豆茶可卖，跑过去看了。没想到，它居然是三道茶的一部分。熏豆茶又叫"烘豆茶"，以熏豆为主料，加上其他辅料炒制而成——这些辅料计有胡萝卜丝、橘皮丝、芝麻子、白芝麻、少量嫩芽茶、腌蚕豆。显然，这要比我在塘栖古镇碰到的烘青豆茶复杂得多。熏豆茶要算三道茶里最考究的一道，胡萝卜要切成丝，橘皮也要切成丝盐腌制十来天，芝麻子要在铁锅里炒熟，蚕豆煮熟也要用盐腌制，而且每杯茶里不能放得太多，三四粒即可。

徐阿姨送来了南瓜饼，端在一个精致的小瓷盘里。

这时候，从留葫芦客栈里出来了几个金发碧眼的外国人，经过我时一脸的好奇。而我，一粒一粒地吃着熏豆，味道清远而悠长，甚至让我都想起小时候野外炸黄豆的往事——也许，这样的街景适合发呆和忆旧吧。

第三道苦茶，起泡的是安吉白茶。

当然，也可以换成西湖龙井。我想喝顾渚紫笋，可惜没有。顾渚紫笋是湖州本地的茶，在南浔古镇喝更有意思，这倒不是近水楼台先得月，而是在一方水土喝一方茶。这样的三道茶，韵味在于慢，在于一道一道地喝，体味日常里那份奢侈的从容。游人多起来了，前呼后拥地经过茶桌，于是，付了茶钱，起身告辞。

据说，太湖流域的寻常人家，至今还保留着喝三道茶的风俗，也是逢年过节款待亲友的首选饮品。而且，是招待"毛脚女婿"初次登门的必备仪式。一个"毛脚女婿"，只有喝完了甜蜜的锅糍茶、咸味的熏豆茶和清淡的绿茶后，才算过了"第一关"，倘若女方家不甚满意，就会喝不到熏豆茶，或者最后的绿茶。

不知道，这样的风俗还有没有？

也许，已经改喝咖啡了。

春兰茶室

逛完百间楼,想去河边寻家小馆子,吃完中饭然后返程。经过下塘东街时,看到了"春兰茶室"四个字,门口摆了两排花篮,一看就是家新开的茶室。可能,是走累了吧,就想进去歇歇,再去吃饭。

一个约摸五十开外的妇女,迎我们进去。

一进门,前堂有个杂货铺,经营点饮料和土特产。左拐,就是茶室了。茶室真不大,甚至有些逼仄、狭小。落座,发现竹质的桌椅都是新的。和主人闲聊了几句,决定不走了,午餐也在这里吃——他们帮忙从昨晚吃过的元泰酒店里带碗湖州双交面。

也许是饿了,觉得面不错,鲜而不腻。

饭毕,要了一壶上好的安吉白茶,慢慢喝。一边喝,一边与他们一家子继续闲聊。原来,他们祖籍常州,在南浔土生土长,茶室的老房子是祖上留下来的,女儿动意要开茶馆,老两口都退休了,闲不住,就帮女儿一起打理。看得出,女孩子是花了心思的,每张茶桌上都有她专门用蓝印花布做的桌旗,而且干净,一尘不染。看见我们喝茶,她马上在前台的电脑里放了一段古典音乐。她话少,总是腼腆一笑,看到茶水少了,就跑过来添水。倒是她的父亲颇健谈,对茶室怀有宏大理想,比如明年要把客栈开出来,比如要提供茶叶代销等个性化服务。其实,茶室的个性服务已经有了,比如在门口摆了一排竹质小凳子,供游客歇歇脚;再比如免费给游客提供手机充电服务。

在这样的古镇开一间茶馆，也是我的梦想之一。这次偶然经过这条小巷，见到他们一家人实现了我的梦想，既心生落寞——像抢了我饭碗似的，又有心意相通的愉悦——所以，我坦率地提了不少建议。比如，把墙上那幅高仿版的徐悲鸿的《万马奔腾》撤下来，换成雅致点的文人画；再比如，把茶桌弄得大些，不能有逼仄局促之感；还有，三道茶里的第三道茶，最好改成顾渚紫笋，要比安吉白茶和西湖龙井更有深意。

他们频频点头，似乎很听我的话。

临出门，非要送我一只竹质笔筒做纪念，还一个劲地说："小意思，小意思。"

这是真诚而充满善意的一家人，在过度开发的古镇，已经不多见了。

西和油茶

油茶本是少数民族的茶饮,但在甘肃西和仇池山顶的仇池村,我却见到了,真让人诧异,诧异里带点惊喜。那天,一进仇池村村支部书记赵满良家安静的院子,他就招呼上炕。几番推辞,硬是坐在了沙发上。村文书赵小万一边上炕一边笑眯眯地对我说:

"你不上炕,那我上去了。"

他脱鞋上炕,支起小火盆,将茶罐罐煨在火前,开始烧茶了。

茶罐极精致,也古朴,陶质,腹部微有隆鼓,外部有一耳形小把,罐口左部有一防勾倒的小流嘴。用这种小罐煮茶水,透性好,散热快,茶水不会变味。待烧热,滴少许菜籽油,然后从摆在炕上的碟子里取花生仁、核桃仁,炒,如同炒菜。小小茶罐里发出"嗞啦啦"的响声,而后他放入茶叶,同炒——差不多快炒好时,加水。加水也是颇有讲究的。讲究之一,就是"凤凰三点头",即每加一次水,都要有响声,等第三次加入水,就开始煮了;讲究之二,整个过程要用一根竹质的茶滗子不断地来回搅动,以免罐身罐底太热,把茶叶给煳了。茶汤熬好时,用茶滗子蘸少许盐,投入再煮。

少顷,倒入茶杯。听他们讲,有时,会放些许葱花。看这杯茶的煎出,简直像观看一位大厨的才艺表演。我一直不明白,为什么会在陇南偏北、毗邻天水的西和一带有这样的饮茶之俗呢?在村子里访问了一些老人,想一探究竟,但都说不上个子丑寅卯。不过,留下了一句简单又富有哲思的话:老先人都是这样喝的。也许,跟村子的历史有关

终朝煮茶，七碗生风

吧。仇池村虽小，却是仇池故国的遗址所在地。前秦时代，少数民族氐族凭着一山之险，在这里将一个帝国之梦绵延了三百余年。查氐族的史料，并没有找到油茶的相关记载，倒是从土族人的史料里看到这样的茶事：清光绪《秀山县志》卷七《礼志》载，"田家岁时佳节，炒米杂姜茗入油盐，研之为油茶，亦时以款宾"。其模样大致同于西和油茶。西和油茶的好处，是冬天可抵天寒之冷。而且，逢年过节、红白喜事、招待客人，喝得也多，以示隆重——相比之下，在陇东南广泛流传的罐罐茶，喝法就简单得多了。离开村子时，还听到了一则故事，亦与油茶有关。十年前，村子里有一位老人，嗜油茶如命，亦喜欢将猪肉臊子放入其中，与菜油同炒。有一年，家里杀了一头大肥猪，一年下来，他把整整一头猪的肉，硬是在小小茶罐里煮茶时吃光了。忘了说，喝油茶时得吃些馍馍。

馍馍者，家里自制的锅盔。西和锅盔享誉陇上，两者搭配，妙不可言。

云台的面茶

陇南是甘肃之南，康县在陇南之南，所以，康县就是甘肃的最南端了。这里是陕甘川三省交界之地，自古又是羌、氐等少数民族的聚居地，所以，康县的风土人情处处闪烁着异域之美，比如这里有女婚男嫁的奇特婚俗，有与《阿诗玛》《格萨尔》相媲美的特色民歌《木笼歌》，反映在美食上，这里有一种连茶学界权威人士都闻所未闻的茶：面茶。

这些年，我写过一些茶的小文章，也出版过一两册关于茶的小集子，以至于不少人称我为茶文化学者。其实，茶文化博大精深，我哪是什么学者，只是装腔作势一下罢了。我在甘肃生活三十余年，第一次听到陇南云台的面茶也是两三年前的事。当时大为惊讶，请教数位茶学界、人类学教授，他们也是一时难下结论。在这份好奇心的驱使下，我有了一次云台之行——是的，我无意于康县的秀丽山水，只想一睹面茶的真容。

云台，康县北部的一个偏远的小镇。

在当地朋友的带领下，我们走进了一户院舍整洁的人家。主人憨厚纯朴，见面只是微微一笑，话也不多。他已知我们的来意，说：让掌柜的给你们做。掌柜的，在西北是对一家主事之人的尊称。同行者和主人在院子里开始闲聊喝茶，喝的是本地产的毛尖茶。需要补充的是，不少人以为甘肃不产茶，其实，甘肃陇南也是茶区，而且品质相当不错，这应该是中国最西北的产茶区吧。我去厨房看她做面茶。第一道工序，是炒调料——她

终朝煮茶，七碗生风

把这个繁琐的过程称为"炒调和"，即用清油、精盐、葱花依次炒完鸡蛋、豆腐、切碎去皮的核桃仁以及小麦粉。她告诉我，"调和"炒得好，一碗面茶也就差不到哪里去。但"调和"难炒，鸡蛋要炒得嫩，豆腐丁要炒成金黄色，核桃仁要炒得脆，面粉要炒得熟。炒好"调和"，在案板的另一侧置一大一小两只陶罐，她先在小罐中用清油、盐将茶叶炒熟后加水煮茶，又在大陶罐中以红葱皮、花椒叶、茴香秆、生姜片为底料，加水，及沸，复将刚才炒熟的麦面粉加入一勺，再将小罐内的茶水注入，用竹筷边搅边煮，四五分钟后，滤出面茶流汁，盛入小碗，依次将刚刚炒好的"调和"适量置入。

一碗面茶，就好了。

女主人手法娴熟，动作连贯，做得不慌不忙，气定神闲。

她躬身往炉膛里添柴火，陶罐里冒着热气，过了一会儿，开始咕嘟咕嘟地翻着热浪，她就用竹筷把茶叶一一压回去。这个过程能让人想到中国大地上的母亲，是多么的不容易。而当我夸赞时，她一脸羞涩，怯怯地说："穷人家的饭，你们不嫌弃，就好。"

我不禁纳闷，在我眼里别有风味的"茶"，为什么被她称之为"饭"呢？

在云台，我发现，面茶几乎是他们清一色的早餐，食饮相兼，既可以连喝数碗，也可以充当一顿早饭，浓香可口，老少咸宜。而且，面茶不仅云台有，周边的大南峪、迷坝、三官等西秦岭南麓的康县乡镇都很流行，甚至连毗邻的陕西略阳亦有此俗。不过，云台人把面茶从来不喊茶，而是要么称之为饭，要么喊"三层楼"。为什么会有如此大俗大雅的名字呢？因为一碗面茶里，上面漂浮着鸡蛋、葱花、油锅渣，中间悬着核桃仁，豆腐丁沉入碗底，故而形象地如此命名。

当然，一碗上好的面茶，是浑然一体的，不会如此决然分开。

面茶的历史已经无从考证了。但我想，这一定和中国古代茶马古道的形成有关。康县的云台、窑坪一带，本身就是茶马古道的一条支线，这里还有历史上千年的老鹰茶树。而且，康县就出土过镌有"茶马贩通商捷路"的碑刻，顾炎武在《日知录》里的记载"秦人取蜀以后，始有茗饮之事"也包括康县一带。除此之外，这一带的喝茶多取煮饮方式，与《广雅》所记述的荆巴地区的煮茗方法大同小异。结合中国古代茶史来考察云台的面茶，实则为古代从以茶当羹到以茶作为单纯饮品之间的过渡形态。

云台的面茶，古之遗风矣。

天高气爽，在绿树掩映的小院，食毕两碗面茶，细细回味。我以为既有面的西北滋味，也有茶的别样深意，而且，它将两者完美地结合起来，实为难得。在这个茶道盛行的时代，不少人追求的是茶的雅趣与精致，而深藏大山深处的云台的面茶，却让每个人对粗茶淡饭有了更新更深的认知与体味。

乘风邀月

郭庄是清代的丝绸商人宋瑞甫在杭州建的一处私宅，宅随人名，叫宋庄。大约民国年间，宋家家道败落，就卖给汾阳郭氏，改称汾阳别墅，俗称郭庄。从宋庄到郭庄，虽是一字之差，岁月流转里的物是人非，令人心有戚戚。

我去郭庄，只是无聊，而非专门寻景。

进宅子，前宅后园，南北分"静必居"和"一镜天开"两个景区。宅子借西湖之景，与西湖山水融为一体，故有"西湖古典园林之冠"的美誉。绕过一个个景点，去乘风邀月轩，想在那里喝杯茶，可里面仅一张茶桌，且已客满。我独爱这里，就站在不远处，装作看风景的样子，等那一拨人走了，我就抢先过去——几乎是他们前脚出我后脚进的，他们一定以为我是一个衣冠楚楚的神经病呢。也许，他们就是讨厌我一直站在不远处才离开的吧。古代交通不发达，才有乘风邀月的想象，现在的人不是飞机就是高铁，所以，关心明月清风的人越来越少了。刚刚离开乘风邀月轩的这拨人，对着湖水，不谈琴棋书画，喋喋不休的却是股票、女人以及拆迁款。

我要了一杯龙井，一个人喝。

茶越来越淡，湖水也越来越安静。忽然觉着，我们这个时代的人心，真是负了这一派湖光山色，也负了老宅主人的拳拳苦心，似乎没有人揣着一颗澄明之心来安静地看看湖水。而此时古色古香的郭庄，往大说，园外有湖，湖外有堤，堤外有山，山外有塔，

辑四

是西湖边著名的一处园林，往小里说，它就是塔、山、堤、湖的一个后花园。

而我，只是一个在乘风邀月轩做着白日梦的异乡人。

守 拙

现在，普洱就像是一个大观园。

所以，我喝普洱时有些小心翼翼，生怕被茶艺师或者茶友的一言半词给先入为主地误导了，以至于没了自己的判断。这些年，普洱的世界花样迭出，纷繁复杂，熟普与生普、生态茶与有机茶、纯料茶和拼配茶以及新六大茶山与古六大茶山，名目众多的分类不一而足，难怪有人戏曰，现在喝普洱，就像是读补习班，先得普及一番普洱的基本常识。

这些年，我也就这么稀里糊涂地喝过来了。

2017年的秋天，我终于喝到了一款心仪的自以为极好极纯正的普洱。之所以说到"终于"，是基于我个人的判断。它的好，孤步绝尘，与众不同——不同之处在于，能从茶汤里喝出斑驳往事的味道。茶汤是干净的，不是很香，但味足，有时间沉淀后的醇厚。我喝这款茶时，苏州的初秋刚刚到来，我们在太湖之畔陆巷古村的一家老茶馆里，茶艺师兰香主泡。她着一袭茶服，甚是安静。一边喝，一边聊各自的往事。秋风吹来，时不时有早桂淡淡的香，飘进来，兀自落入茶杯。我们没有谈论普洱，但分明又沉浸于茶的本味当中。

终于，我忍不住问兰香：此茶何名。

兰香淡然答曰："守拙"，产自云南勐海明泽藏香制茶工坊，她特意从云南带来。"守

辑四

拙"之茶，只取古树，只依古法，从古树茶的采摘到加工的每一个过程，沿袭的都是古法。

也难怪，我喝出了往事的味道。

古树茶，实则是普洱茶里的一个稀有品种了。

至少，它得是几百年以上的乔木型大叶茶树，大多生长在人迹罕至的深山老林，存世稀少。古树茶，根深叶茂，树冠高大，茶叶内质丰富，所以，不易得。因其不易，所以好喝。好的老树普洱，喝的就是披荆斩棘、跋山涉水后对大自然的敬畏之情。但是，追求速度与利益的制茶人，不会花心思去寻找这些老树茶了。澜沧江两岸，老曼峨、帕沙、倚邦、蛮砖这些别具风情的山寨村落，都有古树茶。明泽藏香的制茶人，就是这样一次次抵达的。不仅如此，他们以匠人之心，与茶农们一起风餐露宿，看着茶农们萎凋、杀青、晒青——与其说这些制茶人在源头上不忘监管，不如说他们从未辜负对茶的一片深情。

我曾听到一则关于明泽藏香的茶人故事：

有一个女孩子，本来有一份稳定的工作，离父母的家也很近，每天的生活按部就班，虽然平淡了些，但也安逸得很。就在这个当儿，她看到了一则明泽藏香的茶山行活动，平素喜欢喝古树普洱的她抱着一丝新鲜，也参加了这次活动。当然，她只是当作一次普

终朝煮茶，七碗生风

通的散心而已，如同一场说走就走的旅行。当她下了飞机，发生的一切让她有些惊讶了。她跟随大部队坐着一辆四驱皮卡，经过整整一天的山路颠簸，终于来到了一片原始森林，大山里的茶农以自己千百年来的方式生活着，露天的粪坑，没有灶台的地锅以及连绵的群山就是生活的全部。那些天，她与茶农同吃同住，学习采摘、摊晾、晒青。这次茶山行让她有些不可思议，好多人做普洱茶，坐在房子里，听听歌，抽抽烟，生意就谈成了，而他们为什么要每天亲自上山，与茶农们一起采摘、摊晾呢？后来，当她知道这样的制茶流程最大限度地保证了毛茶的纯正、杀青的恰到好处时，她才深信，这场生命里的邂逅，是与古树普洱的宿命中的结缘。再后来，她放弃了自己四平八稳的生活，在同事的疑惑和父母的絮叨中，开始了自己的制茶生涯。

我愿意相信，她是以一己之身，去守望古树普洱的灵魂。

绿茶要新，普洱要陈——不仅如此，久藏更香。在浙江台州，有一个印山茶堂，很是风雅，是该择一个风清月白的夜晚，去那里喝一杯老树普洱了。抑或，藏一款名叫"守拙"的古树普洱，待到多年以后，等友人踏雪而来，先折一枝梅花置于案头，然后温水烹茶，一起回忆往事，你一杯，他一杯，任无尽时光在杯盏间一一滑走，人生，大抵也就在这样的时刻才能真正体味到日常之美了。

苏园记

西北有高楼。

溧阳有苏园。

如果我没有迁居到南方，也许，都不一定知道溧阳这个地方，那也就更不可能知道苏园了。显然，这样的假设是不存在的，也是荒谬的。事实是，我这个矮个子北方男人已经在中国南方大地厮混了八年有余，也不止一次在江苏文人圈里听说过天目湖畔的苏园。心向往之久矣，但生活杂乱无章，一直未能成行，直到2019年桂香落尽、冬至将临的一个日子，我才得缘有了苏园之行：从苏州南站乘坐长途大巴，两个多小时后到了溧阳客运中心，下车，坐上溧阳本土小说家郁小简的豪车，过茶山路，复过茶亭桥，三拐两拐，十余分钟，苏园到了。

——单单听听茶山路、茶亭桥这些地方，就知道溧阳是一座茶风浩荡的小城，苏园身在其中，也必有好茶。而苏园，也真是一个喝茶的好地方——我的诗人朋友张羊羊在他的笔下曾经有过精妙的比喻，我也就不抄录了。只是，当我把自己的凡胎俗骨歇息于苏园时，我真切地发现，这样一个颇具苏州园林意味的地方似乎更适合一个长途奔跑的旅人宽慰肉身、安歇心灵，坐下来跟友人缓缓地喝一杯茶。最初的苏园，本身就以茶取胜。这一次，我品尝了苏园的黄金芽，一款绿茶，汤水回甘极好；也喝到了苏园的红茶，茶香醇厚，滋味悠长。令人有些惊讶的是，就在苏园当家人霍益民把茶之大业经营得风

终朝煮茶，七碗生风

生水起、声名远扬之际，他又把目光与精力投向了民宿——夜宿苏园的次日早晨，我随便闲逛，发现茶室的一角正在大兴土木，被命名为零友的民宿正在建设当中。

现在，可谓是一个民宿大发展甚至有些"大跃进"的时代。我见过太湖边精致风雅的民宿，也见过浙江临安消费价格不菲的民宿，说到底，他们都是择一处佳山胜水，帮助投宿者实现一次对现代工业文明的短暂回避。苏园的民宿，显然也有这样的深意，但又不仅仅局限于此，这从它的名字——零友——可看出一二。所谓零友，应该是霍益民以一己之思创造的一个词，就像他当年创造了苏园。最简单最直接的理解，就是与零为友。那么，零又是什么呢？为什么非得和零为友呢？对于一个小学生来说，倘若考卷上出现个零，那该是一件多么可怕的事，但是，当一个人长大成人、经历了生活中的无数风霜后，将自己的肉身安放在苏园的零友民宿时，既是人生的一次归零，更是归零之后的再度出发。能够想见，在零友，是放下，更是放下之后的一次轻装上阵。这样的民宿，提供给人心与灵魂的是一场隐逸的放达，这样的理念，也与苏园正在如火如荼进行着的一些养老项目相互依存、相得益彰，必将会让苏园成为溧阳、常州乃至江浙沪一带现代都市人自我救赎、与自己达成和解的一个完美之地。

人生是场苦旅，唯有自渡；在哪儿自渡，零友即是佳地。

在苏州东山，我见过一个开民宿的上海男人。和他的交谈中，知道他的肠子都快悔

辑四

青了，民宿梦是不少人的梦，但不少目光短浅的人又把民宿开成了农家乐，这是对民宿的曲解，或者说一场美好的误会。然而，看起来有点憨厚的霍总，却对民宿有着清晰的认知与冷静的判断。从对民宿命名为零友，就让人明白，他不仅想提供一方青山秀水，更是想通过自己的执念，改变更多人固有的一种生活方式。此行，他送我一册《零极限：创造健康、平静与财富的夏威夷疗法》（美国乔·维泰利著）。我相信，他不会照搬而来，反倒会创造出一种"苏园疗法"。

这，也正是零友的初衷与未来的发展模式。

苏园，与苏园里的零友，让我想起了米沃什的诗歌《礼物》。这首诗的翻译版本很多，我最喜欢西川的译本：

如此幸福的一天。
雾一早就散了，我在花园里干活。
蜂鸟停在忍冬花上，
这世上没有一样东西我想占有。
我知道没有一个人值得我羡慕。
任何我曾遭受的不幸，我都已忘记。

终朝煮茶,七碗生风

想到故我今我同为一个并不使人难为情。

在我身上没有痛苦。

直起腰来,我看见蓝色的大海和帆影。

零友民宿的开门待客,指日可待。一个人的生命中遇见苏园,遇见零友民宿,就会拥有如此安淡的日子,每一寸时光仿佛都闪烁着露水般洁净的光芒。

辑五

盏边闲言，啜茶之帖

君携佳茗西行来

　　有友将从杭州西行来天水，细心的她临行前来电话，问需要带点什么。我当然会客气一番："什么都不要，来了就好。"有朋自远方来，不亦乐乎。可朋友还是固执，亦问，"那就带点丝绸吧。杭州的丝绸不错。"我久居丝绸古道上的一座老城，丝绸于我，是一个荒凉而清寂的词，当然也就一笑置否了。朋友再三征询，有些不依不饶，一副不带点东西誓不罢休的样子，于是，我就应承下来："那就带点茶吧。"

　　"好。给你带西湖龙井！"

　　朋友是咖啡一族，她对浙江茶偏爱似的停留在西湖龙井上。西湖龙井因其盛名在外，所以全国各地几乎都能买上，不管真假。况且，几年前我南下江浙时专门去过狮峰山，所以，西湖龙井于我算是老朋友了。喝茶如同交友，要不忘老朋友，还得结识新朋友，这才是茶客本色。于是乎迅速给她发去邮件，嘱托所带之茶。茶单如下：

　　西湖龙井：二两

　　雪水云绿：五两

　　径山茶：二两

　　安吉白茶：二两

　　松阳银猴茶：二两

　　在中国的茶版图上，浙江要算一个大的茶区，名茶甚多，而我独独让友人从西湖之滨携带以上几种，也是有深意的。西湖龙井和雪水云绿是老朋友了。西湖龙井前面说过了，此处略去。而雪水云绿，今年春天，朋友快递过两罐，喝得我极欢喜，喜欢得都有些舍不得喝的意思，最后还写了篇《雪水云绿》的小文章。余下的径山茶、安吉白茶，还有松阳银猴茶，则是我的新朋友了。我想结识这些新朋友的理由是，径山茶见证了中国茶道传至日本的点点滴滴；安吉白茶虽久闻大名了，但这些年在北方从来没买上品质绝佳的。再说说松阳茶吧。松阳在浙江南部，境内的卯山、万寿山、马鞍山峰岭逶迤，茂木苍翠，云雾缥缈，而且一年四季雨水充沛，这样的地方自然适合茶树生长，就像好女子理所当然适合男人去疼爱一样。银猴茶就是松阳的一款名茶，我自然心生渴意。

本想喝喝普陀佛茶，可心有怯意。

一个在红尘里滚打摸爬的人，岂能喝佛茶？不敢不敢。佛茶，还是留在人生的暮年慢慢喝吧。那时候，如果可能的话，隐居在一座河道纵横古风盈盈的江南古镇，一边读佛经，一起品佛茶，也是别样况味。

气愤

某日夜里，网上闲逛，在新浪网站的读书频道碰上了一本电子书，名曰《品茶地图》。粗粗浏览一番，发现此书将全国各地的名茶一网打尽，而且，微距拍摄的茶叶图片形象逼真，搜集的茶之传说有趣生动，甚至连每种茶的具体泡法也不厌其详，可谓是一部品茶的百科全书。但我还是发现了它的一处硬伤：居然漏掉了陕西和甘肃的茶。这真是一个有意思的话题。陕南，顾名思义，也就是陕西的南边——其实也是一片辽阔的茶区。这一带以盛产子午茶和紫阳茶而出名。这两种茶，我都喝过，而且都不错，跟不少南方的茶比起来，品质上并不输。其中，紫阳茶还以富含硒而闻名茶界，更有意思的是紫阳茶的来历还跟王褒《僮约》里的武阳买茶沾点边。说到底，紫阳茶，或者说陕南的茶，它们的身上都有川茶西行时留下的点点痕迹。

甘肃陇南的文县，也是产茶之地。与它相邻的康县，也产茶。应该说，陇南是甘肃唯一的一片产茶区了，但并不为人所知。南方的朋友听我说起甘肃也产茶，会伸长脖子问："你们不是主要产骆驼么？"其实，古代的甘肃骆驼多，但现在想看骆驼也得去景区了。说远了，还是说甘肃的茶吧。甘肃陇南的文县、康县，皆毗邻四川，是甘肃的陇上江南，山水秀美，雨量充足，所以，产茶也不足为怪。

其实，陕南与陇南一衣带水，这水就是哗哗流淌的白龙江。倘若把它们作为一个整体看，这应该是祖国版图上最北的一片茶区了。再往北，就没有茶区了，再往西，也没有。所以说，且不说这两个地方的茶到底有多好，仅从茶叶生态的完整性而论，它们的缺席反倒让这本《品茶地图》变成一张残缺不全的地图，甚至沦为笑柄。

此地图也有纸质版，农村读物出版社2010年出版。作者是一个叫云峰的人，我不知其详，不敢多言。但我写着写着，忽然气愤起来。毕竟，甘肃是我的家乡，陕西是我们的邻居，居然把这里的茶统统给忽略掉了。

我本重情重义，岂能熟视无睹？

与韩斌书

叶梓白韩斌君卿：拙作《径山茶写意》乃虚妄之作，失于高蹈，流于抒情，然承蒙厚爱，忝列于余杭征文之获奖之列，幸也，幸也。

余自去年始，痴迷于茶茗之事，潜心于古之茶道。每得闲暇，赏读茶书，寻水踏泽，遍访茶乡，不辞辛苦，乐此不疲。偶得新茶，会心之余于秦州七里墩之六楼居室一角，设案置盏，细细啜之。唐代赵州禅院从谂禅师吃茶去之逸事，足见茶乃止渴解饮之余，为道佛两家清供之必备。余过而立之年有半，正值仕途之心蒸蒸而上之际，缘何拐道于此执迷不悟？有挚友劝余曰："此乃玩物丧志矣！"是乃公之不知我矣。余自数年前负笈求学于金城龚家湾，身若浮萍，人间疾苦，心之机巧，所识良多。于是乎常生息心之想，屡起书生之梦。于是，唯求做一当代书生耳。远荣利，安平素，坐拥书房，虽不能驯鹿养鹤以自随，却有青灯一盏、诗卷数帙常相伴。

今春以来，余撰写茶之文字多篇，辑为两卷，一为《西北有茶客》，一为《茶时光》。前者多为品茗之琐事，兼有茶事思考，或叙事，或议论，后者为捧读茶书之若干心得体会，或轶事，或茶画，或茶诗，或茶书，不一而足。倘若他日有缘刊印成册，定将奉上毛边本以求教。

今夜，西北干冷。寒风呼呼吹刮，临笔而书，暖意顿生。实乃西北茶客叶梓之人生幸事也。天水叶梓于七里墩听车楼。

顾渚紫笋爆鳝丝

偶读名厨白常继的一篇短文，谈到关于顾渚紫笋爆鳝丝的做法，颇有趣。紫笋茶入菜，有紫笋护国菜、顾渚茶雉鸡、茶经酥雪鱼等，而顾渚紫笋爆鳝丝，还是头一次听说，兹抄录其做法如下，留待他日小试一手。具体做法是，先将紫笋茶泡发备用，黄鳝烫熟去骨划鳝丝，入锅中多次加油反复煸炒至腥味尽去酥脆后；然后用糟酒糖酱油葱姜蒜等调料调汁，连同紫笋茶一起烹入翻炒，菜品出勺码盘。据白常继介绍，此菜的讲究之一，是用"五油"，计有素油、荤油、麻油、酱油、糟油；讲究之二是"三辣"，计有老姜、青椒、胡椒，且以紫笋茶调味，香鲜透味，最后缀以火腿丝，可谓色味俱佳，美观大方。

名厨白常继，是袁枚的铁杆粉丝，熟读《随园食单》，能将《随园食单》的菜品原封不动地搬到当代餐桌上。这样的大厨，真是太少了。幸运的是，2011年我和他一起在《中国烹饪》杂志上开美食专栏，他谈随园食单，我说杜甫食事，既南辕北辙，又气息相投。

书房一角

一介书生，累了烦了，就会从俗世退守书房；在书房里写字累了，该退往何处呢？

茶室！

可是，书房本来就狭小逼仄，东西两面墙，两组五门书柜赫赫而立，北面为窗——窗外是这座城市的羲皇大道，窗下置一老家搬来的八仙老桌，是我日夜伏案之地。满屋子的书，生出些许压抑，这压抑，说白了，是清贫的象征。倘若银子宽裕，可置一大书房——这辈子，最大的理想莫过于拥有一间宽敞的书房。虽如此，自痴迷茶道以来，我还是在书房的东北角倒腾出巴掌大的地方，权作小小茶室了。

说是茶室，实在有些自大。

无非是在书房一角腾出一丁点地方，置一把藤桌，两把小藤椅分列左右，桌上置一红木茶船，除此，无他耳。茶叶无处可去，只好打书柜的主意了。从满满当当的书柜，挑些暂时不用的打包入箱，搁置阳台。这样，就可以把茶叶茶具悉数塞入书柜。某日晚上，书看不进去，字也懒得写，就从书柜里把这些年陆续攒下来的茶叶罐倒腾出来，擦洗一番。粗略一数，有五十余只，四川竹叶青、溧阳黄金芽、岳西翠兰、大佛龙井、洞庭碧螺春，几乎常见的茶都能在我这里找到它的某一款茶叶罐。少时，去村子里的小卖铺给祖父买茶叶，根本没有包装，茶散放在纸箱子里，称几两，就装在塑料袋里提回来了。要说我最早见到的茶包装，是一个乡村风水大师送给祖父的一盒窝窝茶。依稀记得，茶盒子上写着云南大理四个字，那时候我都不知道云南在哪里，更别说玉溪呀大理呀丽江了。

这些茶叶罐，何尝不是我曾经跋涉过的万水千山。

天才诗人海子的梦想是面朝大海，春暖花开。我本俗人，没有如此丰盈的理想，只想闲下来的时候，在书房一角，安安静静地喝杯茶，发发呆，足矣。

2012 年 11 月 24 日记

2012年11月23日,一个美妙的夜晚,余味悠长,悠长得连第二天都是一派好心情,于是,跑到太湖边喝茶。烟波浩渺、水天一色的太湖美景,我是第二次见,第一次是在几年前的湖州。此次重逢,因心情大好,反倒有些不真实,有梦中寻山踏水的恍惚之感,而眼前老式的八仙桌、汤汁翠绿的碧螺春分明告诉我,我们都在尘世。

哦,尘世如此美好!

茶桌对面的人,偶尔谈及的少时春游太湖的旧事,能把人的恍惚稍稍减轻。杯子里的碧螺春,清亮、翠色可挹,一定是从对面的东山古镇采来的吧。古人论茶,很是在意环境之幽雅,比如竹林环侍,比如琴瑟和鸣,似乎茶之外的事物深刻影响着茶的品质。这也是茶文化的一部分,无可厚非。但我今天忽然发现,要喝出一杯好茶,心情也至关重要。一个人要是揣着一肚子的沉重心事,最好借酒浇愁,也是宜酒不宜茶。

远处的芦花,白了。

湖面上的风吹过,它轻轻摇曳,仿佛致意与祝福。

服务生送来一篮橘子,色泽光鲜。朋友说,这是刚从东山上采摘的。太湖边的西山东山,仿佛一张时间表,精准地记录着时光的流转。早春踏雪访梅,之后新茶上市,之后枇杷和杨梅熟了,之后板栗下来了,之后,就是橘子像挂满山野的一只只红灯笼,小得精致,红得喜庆。忽然想起母亲喝茶的场景,她喜欢吃掉橘子,把橘皮洗净,与茶同泡，说能预防感冒。我不知此说真假，反正，以前信，现在还信。

面前的人，温婉一笑，柔情似水。我不禁想起徐渭在《煎茶七类》里对茶人的议论：

煎茶虽微清小雅，然要领其人与茶品相得，故其法每传于高流大隐、云霞泉石之辈、鱼虾麋鹿之俦。

此际，一个常常以古琴怡心的人，与白了的芦花、清澈的太湖水是多么浑然一体，像一颗心融入另一颗心。

尚焙坊记

一点茶缘，识得福建茶人连春虎。他虽为南人，却无南方人的精明，为人友善，做事实诚。蒙其厚爱，先后受赠茶叶两次，第一次是五小包，计有正岩肉桂、磬心水仙、岩顶肉桂、骨老肉桂、竹林水仙各一包，第二次则是五包老枞水仙。

一个地道的茶客，基本上是春夏绿茶、秋冬红茶。而我喝茶，则以心绪定之，没有季节之分。常常，有种想喝遍天下好茶的冲动，一如年少时想行万里路。今有乌龙茶不远万里而来，也就在这阴冷的江南冬夜有了一个人的独饮。江南的冬天，没有呼啦啦的北风，没有如席的雪花，但冷得能入骨髓——好在有一盏乌龙青茶，暖了人心。古人有"寒夜客来茶当酒"的句子，我借居的小屋虽无客来，但换了一杯又一杯的茶水，让自己更加顾影自怜了。

数月之后，几款茶品饮完毕，既心怀感谢，又觉有话要说，尤其是竹林水仙里的拙朴气息，清远幽寂，颇有古意，恍惚觉着自己就是一个在武夷山的山涧深林遍寻茶叶的茶农。还有一款骨老肉桂，浓郁醇厚，如同一场往事不期抵达内心，让人禁不住有点怀旧了，让人有点想与两三知己对饮的冲动。其实，它们都是武夷岩茶的一部分，而武夷岩茶是闽北乌龙甚至说是乌龙茶的佼佼者。尽管作为闽南乌龙拳头产品的铁观音因其普及程度而声名在外，但武夷岩茶更像是茶界的知识分子，有自己独特的修为与美德。

这些茶，出自尚焙坊，武夷山市炭焙岩茶研究所的一个茶业品牌。据说，现在的尚焙坊有三大系列产品：而立、不惑和知天命。这样的命名颇有深意，在不同的人生阶段，有不同境界的感悟。尚焙坊岩茶崇尚文火慢焙的传统工艺，这恰恰是武夷岩茶的精魂所在。在这个追求利益与速度的年代，尚焙坊的文火慢焙，就是让每一道工序严格按照传统工艺，焙火要透，更要足，方能以香入水，也起到了稳定茶叶品质的作用。在我看来，他们的文火慢焙更是一种平心静气，只有心平了气静了，才能放下功利之心，这也是对茶道精神的一次深深致敬。

武夷山我还没去过，若他日成行，真想去一趟尚焙坊，饮一杯茶，歇一会儿脚。

西湖茗女

杭为茶都。

既为茶都，自然多茶客。每年春天，喝一杯明前的西湖龙井，是一个老杭州人激动人心的事。这就是一方水土养一方人，也是杭州之所以能成为茶都的文化底蕴。

西湖茗女，是我在微博上认识的一位茶客。

细读其微博，不是抚琴品茗，就是遍访茶山，不是在西湖边听风喝茶，就是去宜兴的丁蜀古镇寻访紫砂艺人。偶尔也有论茶之句，虽不惊人，却有真知灼见。我看得动心，遂互成微友。等渐渐相熟，我发去一组新写的茶书法文章，很快，她传回稿子，个别地方做了改动，谦虚而得体。

2013年春天，梅花开了，我去灵峰访梅。恰好也有一场茶席展，在灵峰水杉林的斜对面盛大开幕。我跑去看，从人群中隐约听见有人在喊："陈云飞。"她不正是西湖茗女么。就这样，我们在一树梅花下草草聊了几句，我就告辞了，怕打扰她。她，就是这次茶席展的组织者。

后来，一个初夏的上午，我专程去拜访她。

穿过静谧的杭州植物园，就到了她的工作室，握手，寒暄，落座。她给我沏了一杯西湖龙井，似是极品。交谈中，渐渐出现了我尊崇多年的茶学家阮浩耕先生。她讲话的语调平和轻柔。这几年，见过一些茶人，不是趾高气扬，就是把茶文化弄得深不可测。

她对茶的见识，让我知道了什么是静水流深。临别，她赠我一册《西湖的旗袍》，浙江文艺出版社出版。原来，她除了习茶抚琴，还写得一手锦绣文章。书里头，写尽了西湖边的旗袍往事。

经她热情牵线，2013年12月19日上午，我登门拜访阮浩耕先生。她也是一路作陪。记得那次阮先生赠我两册书，一册是《品茶录》，一册是他与人合编的《茶道茗理》。前一册上他题了句"茶道是玩出来的"，后一册他题了句"茶有道，艺无涯"。

她和阮先生，是相交多年的老朋友了。

她本名陈云飞，韩美林艺术馆副馆长。西湖茗女，只是她的微博名——我已经不用微博好多年了，和她也好多年没联系了。

三生有幸

三生者，前世、今生、来世也，佛家用语。

好多人发感叹时喜欢说一句"三生有幸"，其实，一枚茶叶最适合这个词语了。茶的生命，仔细算算，真的也有三次。第一次生命，在茶园，沐浴着阳光雨露，与天地合一，自由自在地生长。第二次生命，在茶农之手，采摘、翻炒、揉捻，出落成或扁平或弯曲的模样，然后来到人间。

我一直认为，这也是茶的第二次新生。

有一年，我在太湖之侧的东山古镇，见过炒制碧螺春的过程。拣茶、杀青、揉捻成形、搓团显毫、摊放回潮、烘干，整个过程紧凑严密，宛似一次新生。而它的第三次生命，就是与水的相遇。茶遇到水，才算走完了一生。至于遇到什么样的水，自有命运安排。

茶，有自己的三生三世。所以，生而为人，我们提及三生，其实是庸人自扰。因为我们的肉眼既看不见前世，也望不到来生，只能卑微地在今生今世，认真过好每一个日子。

"原配"

水为茶之母，是句老话，也是一个比喻。这个比喻里，水之于茶，仿佛长辈。我总觉得有不妥之处，水与茶，更像一场姻缘。一款茶，若遇上"原配"之水，才会有两情相悦的美感。古人喜欢试泉试茗，说到底，试的就是茶与水相遇之后碰撞出来的爱之火花。

历史上，有不少这样的例子。

我现在列举如下：扬子江中水，蒙顶山上茶；狮峰龙井，虎跑泉；顾渚紫笋，金沙泉；碧螺春，太湖水；君山银针，柳毅泉；黄山毛峰，人字瀑；雁荡毛峰，大龙湫；武夷岩茶，九曲溪；莫干黄芽，剑池水；齐云瓜片，淮源水。我知道的大概就这么多啦。不过，它们的确印证了一方山水一方茶的道理，这也合乎自然规律。至于"扬子江中水，蒙顶山上茶"，倒不是说要用扬子江的水泡蒙顶山上的茶，而是强调了扬子江中的水有多好、蒙顶山上的茶又有多好。

这些年，我喝茶，越喝越随意了。不过，能用什么地方的水泡什么地方的茶，最好不过。只是，有时候，茶与水也会相忘江湖，这是另外一回事了。

茶境

在微博上,看到一则茶之境界的分类,具体如下:

茶盲、茶客、茶徒、茶友、茶师、茶星、茶仙、茶圣、茶神。

不少爱茶人喊出了很励志的口号:从茶徒出发,向茶星进军!我已中年,能当一茶客,足矣。比起茶盲,粗通即可,况且,人生匆匆,本是过客,我是茶的客,茶也是我的客,再好不过啦。

下午茶

今日端午，午餐吃得简单，两个肉粽，一碗番茄榨菜汤。天渐渐热了，食欲不振，再过几天，梅雨季要来了，估计食欲更不振了。偶尔在饮食上草草应付一下，也是一次自我放纵。饭毕，躺在沙发上刷微信，这是我最近的爱好之一。朋友圈里的人们，端午过得精彩纷呈，探亲访友者有之，游山玩水者有之，家庭团圆者有之，拜会领导者亦有之，关心天下大事的就更多了——不得不承认，虚拟世界里的朋友圈，也是一现实版的浮世绘。

刷着刷着，竟然睡着了——估计是昨晚半夜醒来几次的缘故。

一觉起来，日薄西山，都快下午五点了。据科学表明，午休时间太长反而会更困。我可能是睡过头了，醒来后身体的困倦，竟然带来一种内心的虚无感。无事可做，就开始煮水泡茶，泡的是云南滇红。临窗慢饮，看运河上来来往往的运沙船。困倦渐渐消散，记忆力慢慢复活，想起了白居易的《食后》：

食罢一觉醒，起来两瓯茶。
举头看白影，已复西南斜。
乐山惜日促，忧人厌年赊。
无忧无乐者，长短任生涯。

辑五

　　同样是"食罢一觉醒，起来两瓯茶"，我和白居易的区别是，他担心日月湍急，我抱憾时光太慢。人生嘛，不过尔尔，何必要时不我待呢，还是先喝好一杯下午茶吧，正所谓"岁月有清欢，人生自得闲"吧。据说，小资们的下午茶在咖啡厅里喝的，而我的下午茶就在十九楼的小小书房，又有何妨？

　　一壶饮毕，暮色抵临。晚饭，该吃些什么呢？

　　总不能继续吃粽子吧。

诗床茶鼎

浙江庆元，我去过一次，那里的廊桥举世闻名。我有一位杭州日报的朋友，写过一篇当地老人自掏腰包保护廊桥的故事，读来感人。元代的散曲家张可久是庆元人，他也是留存元曲作品最多的人之一——据说，现存小令855首，套数9篇。

他的作品里，不少跟茶有关：

"第一泉边试茶，无双亭上看花。"（《沉醉东风·眉寿楼春夜》）

——春风沉醉的夜晚，小楼试新茶。

"五亩宅无人种瓜，一村庵有人分茶。"《折桂令·村庵记事》

——说的分明是村野茶事。

"诗床竹雨凉，茶鼎松风细。"（《清江引·张子坚席上》）

——一派风雅，令人心向往之。

诗之床，茶之鼎，辅以竹雨松风，隐逸之气呼之欲出。可能的话，这是我2015年读到的最清新的句子。如果从这个句子里抽出它的主干，那就是诗床茶鼎。无独有偶，南宋诗人陆游有一句"平生长物扫除尽，犹带笔床茶灶来"，笔床茶灶也罢，诗床茶鼎也罢，一个人到最后最需要的东西，反倒是简单的东西。我可能是老了，越来越喜欢简净素洁的日子，不争，不抢，一杯茶，一册书，一天就打发过去了。

日子，有时候真的是用来打发的。

逛茶店

  我喜欢委身于大街小巷的小小茶店，左瞅瞅右瞧瞧，因为我的心底有一个小小梦想，那就是有朝一日在天水老城的西关，开一间小茶店，经营一款自己命名的老白茶，客人来了卖茶，朋友来了喝茶，聊度余生。

小盅喝酒，大碗喝茶

　　《水浒传》里的英雄，大碗喝酒，大块吃肉，大手挥金，甚至大刀杀人。祖父在我心里，就是水浒式的英雄。他高个，精瘦，粗通武术，年轻时一个人能对付四五个壮汉。可他偏偏小盅喝酒、大碗喝茶。喝酒时，他取一小盅，倒上，抿一口，过一会儿，复倒一杯，再抿一口，看得人心急。我问，他亦不答——后来，我才知道，是家贫，舍不得喝。而他喝茶，除了每天早晨必不可少的罐罐茶是用小茶杯细品慢咽，不少时间却是大碗海喝。譬如夏天，祖父提一把镰刀去收麦子，回来了，上炕休息前，祖母端起早早泡好的一大碗茶，递给他，他会咕咕咕地一口气喝光。

　　仰着脖子大碗喝茶的祖父，也喝出了茶的神韵。

茶话会

又近年关了，一个在体制里混碗饭吃的人，都会经历些规模大小不一的茶话会。大体上讲，就是找一家富丽堂皇的酒店，选一间偌大的会议室，委以鲜花地毯装扮，且设计一个供人闪亮登场的舞台，舞台之下，是一桌桌准备就绪的饭席。然后，由一对俊男靓女搭配组合的主持人拉开茶话会的大幕。紧接着，重要人物次第上场。先是让盛邀而来的上级领导讲一段话，单位的领导再讲一段，先进个人再激情四射地讲一段，感谢一番领导的栽培。然后，开始歌舞表演。台下的人们开始胡吃海喝了。桌上，当然也是有茶的，但常常被放凉了。或者说，并没有多少人去在意那一杯茶——毕竟，那只能算茶水。饭毕，皆作鸟兽散，要么回家睡觉，要么赶赴下一场牌局，或者饭局。

这是我若干年前在一座小城所经历的茶话会。

而古代的茶话会，真不是这样子的。

顾名思义，茶话会是饮茶谈话之会。文岳在《入局》一诗里写道，"茶话略无尘七杂"，算是对茶话会较早的一个解释。自古至今，茶话会都是友好人士促膝谈心、交流感情的话语平台。其实，茶话会是从古代的茶会和茶宴中演变而来的。茶会是旧中国商人在茶楼进行交易的一种集会，流行于长江流域，尤以上海最盛。届时，各业各派的商人以约定的茶楼作为集会地点，边饮茶边交流行市，洽谈买卖。茶话则以饮茶清谈为主，久而久之，委以茶点招待宾客的聚会，美其名曰"茶话会"，适宜各阶层交流情感。显然，茶话会的好处在于，既不像古代茶宴那样隆重，也不像日本茶道那样讲究礼仪规程，它在相对随和、宜于交谈的氛围，赢得人们的喜欢。于是，茶话会流行起来了，小至朋友聚会、文艺座谈，大至公司庆典、商议政事，它的简便节俭、轻松愉快，颇得人心。

只是，这些年，茶话会越来越走形了。不少地方，不少公司，以茶话会这个冠冕堂皇的由头，大摆宴席，胡吃海喝，甚至会送出价值不菲的纪念品，甚至用装有现金、消费卡的"信封"向客户"聊表心意"。

——以上文字，是写于2010年2月的一段旧文字。

所幸，这些年，茶话会的会风渐有改观，旧时风气销声匿迹。余生虽晚，见不到古代雅致的茶话会，但也见到了真正的茶话会踏上复苏的身影，也算一份幸运吧。

月光白

我喝普洱少。

但月光白，喝得稍多。我这么说，是把它当成普洱茶的一种。但月光白不完全是普洱茶，因为它的工艺跟白茶并无二致。但若把它归到白茶，其原料又是云南大白树种的芽叶，从产地和品种论，又是普洱生茶的一种——可它的味道又迥然不同于生普。月光白，就是茶叶界的一个异数。不说这些啦。月光白我喝得多，是因为喜欢这名字，让人能想起一支家乡的谣曲：《月亮光光》。这支谣曲里唱到了月光白。不知为什么，这些年在江南，每每念及故乡，就想喝一壶月光白。一喝月光白，家乡的山水、土塬就会踏月而来。

可是，在江南，有月色的夜晚太少了。

据说，月光白含有一种醇酸，能去除死皮，使皮肤紧致，能减少皱纹，还能去痘甚至调节内分泌，因此成为当代都市女性热衷的一款茶。但我一个中年男人偏爱于它，仅仅是能勾起乡思之愁。这世上的事，就是如此纠缠不清。不过，月光白，真是好看，它一芽一叶，叶面白，叶底黑，白是绒白，黑是黝黑。一款好的月光白，泡出来有乌龙茶的清香，又有普洱茶的醇厚，两者兼而有之。这也是它的神奇之处。而它的香气，似蜜香，又有果香，这香味又随着冲泡次数的增多会发生微妙的变化。

相传，古时月光白的采摘很独特，采茶少女得提前三天沐浴，然后结伴，沐着月光去采摘。我对此不以为然。而它为什么叫月光白，说法有二。一种说法是，制作月光白的一芽一叶，叶面白色，叶底黑色，黑白相间，看起来恰好像黑夜中的月亮，故名；另一种说法是，月光白的发酵，要将刚采摘的茶叶置于土基房内并于夜间完成，也就是说，月光白的发酵，见不得月光。

月光白，还有一个名字，叫月光美人，俗了。

送我月光白的友人，已经相忘江湖了，但我却一直喝着。汉书下酒，秦云戛河。我呢，就着月光白，念念旧友念念故园，无聊的一天也就过去了。

不雅的雅集

这些年，有关茶的种种雅集，雨后春笋般地冒出来了。

因为写过一本茶书——《茶痕：一杯茶的前世今生》，略有小名，经常受邀参加一些茶聚，或曰雅集，说不上好，也说不上不好。于我而言，自己有点浑水摸鱼的意思。为什么这么说？因为场面真的挺雅的，有对古代雅集复原的艺术冲动，但又总觉着哪儿缺点东西，故而有一种似是而非的错觉，以至于身在雅集，一会儿仿佛活在古代，一会儿仿佛活在当下，思绪不停地来回穿越。

雅集之史，可谓久矣。

大名鼎鼎的《兰亭集序》，就是从一场群贤毕至的"雅集"里冒出来的一朵艳丽之花。不过，纵观古人雅集，青山叠嶂，琴瑟和鸣，逍遥自适，旷达风流。而现在的雅集固然有了仿古茶服，也有了颇为标准的程式，但内在的文化底蕴还是浅了些。不知现在身在雅集的人，有几人能像陆羽他们在顾渚山那样，一起对几句联诗呢？

真正的雅集，是有魂灵的。

倘若我们放弃了对茶文化本身的追寻，纵使花样如何翻新，最后的结局，也会应了"皮之不存，毛将焉附"的旧话。而这样的雅集，又能雅到哪里去呢？

在我看来，实为大不雅。

辑六

与紫砂有关的日记

紫砂日记

2010/3/3 星期三　　|晴　　|甘肃天水

　　在一位画家朋友古意盈盈的画室里，见到了一把绿泥紫砂壶。听他讲，是托无锡画院的朋友买的，正宗手工货。制壶人是蒋蓉大师的关门弟子——此话不知可否当真，反正，壶看起来不错，壶身圆形，壶把藤状，饰有梅花朵朵，清雅、大方。难怪一直大方的画家朋友这次显得有些小气了，只是从博古架上取下来让大家观摩一番，复又放回，也没有拿来给大家泡茶。

　　以前，对紫砂的了解仅限于书本与道听途说。这次偶遇，让我有了直观感受，更让我过目不忘且记忆深刻的是，温暖的春日阳光经由窗帘的折射刚好投到紫砂壶上，那把紫砂壶一下子有了超凡脱俗的美，让画家朋友乱糟糟的画室，生出几许风雅。

终朝煮茶，七碗生风

2010/4/4 星期日　｜阴转多云　｜甘肃天水

　　购自当当网上书店的《中国古代茶具图鉴》到了，先是细细地看，看完了，专挑紫砂壶的图片看。一页一页地翻，从供春壶、吴经墓中出土的提梁壶，再到时大彬的玉兰花六瓣壶，一直翻到陈鸣远的松段壶，它们或古拙或精致，令人大开眼界大饱眼福，时时有一种伸手摩挲的冲动与欲望。

　　从车前子的《好花好天》一书里，找出他的《紫砂之旅》，重新读了一遍。这是一个当代著名诗人对紫砂的理解，也是一个敏锐的南方人对紫砂的理解。我喜欢这样的文字，有个人的记忆与胎记，而不是从卷帙里抄录一些紫砂的史料来敷衍了事。复又读了黑陶《漆蓝书简》一书里的《丁蜀镇》。《漆蓝书简》是黑陶对南方古镇的一次田野考察，而丁蜀镇作为他的家乡，忝列其间既合情合理，也顺其自然。但两个优秀的南方诗人对紫砂的感觉与认知是不同的，诗人车前子人生的第一次旅行，就是父亲带着他去宜兴买紫砂壶，所以，他于紫砂像是一个"远观者"；而黑陶作为陶工的儿子，耳濡目染，当然要算"近玩者"。因此，相较而言，黑陶对紫砂有着更真切的感受，我喜欢这种有着烟火气和艰难尘世的感受，一如我对西北大地小麦的情感。

　　——所有的这些文字，都让我不知不觉地喜欢、迷恋上了紫砂壶。

- 182 -

辑六

2010/5/7 星期五　　｜晴　　｜甘肃天水

　　对紫砂的喜欢，仿佛一朵开在心头的花，娇艳，鲜活，生动，然而，偶然看到的一则新闻似乎一下子要掐死这朵美丽之花了。

　　下午去报社广告部替老家的一个亲戚办理身份证挂失业务，随手带来了一张《广州日报》。本来，身为报人，已经不爱看报了，都看烦了。为什么看《广州日报》？因为几年前在它的《闲情》副刊上发过不少随笔，赚过人家的稿费，有些感情，就顺手带来了。可是，这张报纸却一下子击碎了我对紫砂壶所有的美好想象——随手打开的一个新闻版面上醒目地出现了这样的标题：《央视再曝紫砂壶内幕：用化工原料调出紫砂色》。

　　全文太长，此处略去。

　　——显然，这是对紫砂真相的一次大曝光！

　　十余年的媒体生活，让我对曝光一词有太深的体悟。当如此触目惊心的事实发生在自己刚刚喜欢上的紫砂壶身上，真有点始料未及，仿佛一场还没有开始就宣告结束的恋情。媒体的曝光，无非是对这个世界太乱了的一声叹息，而对紫砂的曝光忽然让我觉着，这个世界不仅乱，而且乱得不一般。

终朝煮茶,七碗生风

2010/11/13 星期六　|晴　|甘肃天水

  青年诗人黄海从西安寄来他执编的先锋散文读本：《手稿》杂志，2010年第3期。里面有散文家桑麻的一篇文章，《通向大师的路标》。一看，居然是写紫砂的事儿。原来桑麻是一位紫砂发烧友。他将自己数年来诸如踏访丁蜀镇、购买紫砂壶上当受骗的经历悉数写进文字。当然，文章最可取之处是深沉的思考。他说，"这已经不是某个人，某些人要面对的问题，而是涉及传统承继，可持续发展，自毁长城等一系列问题"。是的，从这几年的现状来看，这已经不是紫砂壶的事了，南通的蓝印花布、凤凰老城的扎染、苏州的刺绣，都面临着仿制品充斥市场的问题了。

  曝光的新闻、被骗的经历，让我对紫砂壶大失所望之余，只剩下这一丁点的希望了：哪怕拥有一把出自学徒的手工紫砂——只要是真的——就足够了。

2010/11/14 星期日　　｜晴　　｜甘肃天水

　　诗友李满强，偏居平凉静宁小城，但为人豪爽，朋友遍布天下。据说他走到哪儿都能免吃免住，真是令人无比艳羡。其中，江苏镇江有一友，关系甚铁，曾送他一套手工紫砂壶。此壶我在他家不但见过，还泡过一款江西名茶。听他说，壶的作者是他朋友的大学同学，现执教于无锡工艺技术学院，一位专攻紫砂工艺美术的年轻教师。

　　这些，要算我购买紫砂壶的历史背景了。

　　一个月前，心生收藏紫砂之意，不求价廉，唯求货真，于是，嘱托满强利用他的私人关系撮合此事。幸运的是，那位未曾谋面的年轻教师爽快地答应下来。之后，给对方账户及时地打钱。

　　漫长的等待，开始了。

　　几天前，短信说已经寄出了。想想，有一套手工的紫砂壶走在路上，多好。今天上午，它翻山越岭，终于经过一个矮个子的快递员之手，到达我的桌前。我小心翼翼地打开，给同事们展示了一番，皆生欢喜，有女记者问："多少钱？"

　　"一千六。是朋友的关系，优惠价。"

　　顿时，啧啧声此起彼伏。有人夸我有钱，有人嫌其太贵，甚至有爱美的男同事大言不惭地说："不如买一件名牌西服穿穿呢。"

　　唉，人各有志，岂能强求。我远在甘肃大漠一带，却偏爱紫砂壶，当然也只是个人的喜好。

终朝煮茶,七碗生风

2010/11/20/ 星期六　｜晴　｜甘肃天水

晚上在网上看完电影《壶王》。

前些天，央视六套播过这部片子，可惜我错过了。年初去大厅里缴有线电视费，有意多缴了两个频道，一个是情感影院，一个是动作影院，本想闲下来好好看些电影，但似乎一直没时间。最近，倒是专注于央视一套黄金时段播出的《新安家族》。这部根据作家季宇的同名小说改编的连续剧，是一部徽商的发展史，其中有茶的影子。

《壶王》讲述的是发生在民间的故事。

上海滩的老大杜月笙欲给张学良献一件紫砂壶，遂派人来江南找壶王制壶。然而，紫砂古镇上的老壶王袁朴生突然中风，关键时刻，袁家的下人阿多以一手绝技为老壶王救场。这个情节架构相对简单的故事里，因为穿插了爱情、道德以及利益的交织而相对丰满。片子里浓郁的江南风情和神秘古老的紫砂技艺，让人迷恋。当然，影片也昭示了这样一个道理：紫砂虽小，却是一个大世界，爱恨情仇，悲欢离合，五味杂陈。

有一些电影，虽与紫砂无关，但与茶有关，可以找时间看看。约略有这些片子：《采茶女》《刘三姐》《利休》《茶馆》《春秋茶室》《龙凤茶楼》《绿茶》《菊花茶》《吃一碗茶》《和墨索里尼喝下午茶》。

辑六

2010/11/20 星期六　　｜晴　｜甘肃天水

让儿子罚站半小时。

这可能是他出生以来接受的最严厉的一次体罚了。

新买的壶，不出一月，就让他不小心撞到地上，磕碎了壶盖的一角。罚他站完，复又后悔，旧的不去，新的不来，再说，残缺也是一种美。我只能这样安慰自己。

终朝煮茶，七碗生风

2010/12/3 星期五　　|阴　　|甘肃天水

  想去宜兴的丁蜀镇看看那些遗存下来的窑址。况且，这座小镇是我诗人朋友黑陶的家乡。他原名曹建平，取此笔名，想必和紫砂有关吧，一股浓烈的草根气息，也契合他的文风。这算不算是故乡对一个诗人的启示与滋养呢？一时兴起，与《无锡日报》的金山诗兄联系上了，一起交流了明年踏访之事。他热心地给我介绍了宜兴本土诗人：陶都风。他的真名叫范双喜，在宜兴旅游部门工作。也许，他将是我宜兴之旅最好的导游吧。

  秀才人情一张纸嘛，下午遂给陶都风寄去拙集《穿过》一册。

辑六

2011/1/6 星期四　　|晴转阴　　|甘肃天水

　　西湖龙井、雪水云绿以及珍稀的安吉白茶，悉数进入我的书柜。我的书柜，除了藏书，兼有置放茶叶的功能。贫穷的书生生活，没有大房子可住，自然也就没有可供置茶的专业场地。古代的茶具里，有一种器具曰茶籯，是专门置放茶器的工具。其实，最早的茶籯，并非如此，而是采茶的器具。陆羽在《茶经》里说，"籯，一曰篮，一曰笼，一曰筥。以竹织之，受五升，或一斗、二斗、三斗者，茶人负以采茶也"。只是后来，渐渐演变成置放茶器的工具了。

　　——扯远了，不说了。

　　不过，一想起我的书柜有点茶籯的意味，不禁莞尔。因为两套紫砂壶以及茶叶罐都深藏其间。这样也好，茶佐书香，书伴茶香，亦算美事一桩。常常，我这样歪思胡想时，会在紫砂壶里泡一杯茶，遥想江南，且生一念，倘若他日寻一江南古镇终老余生，该有多好。

终朝煮茶，七碗生风

2011/2/13 星期日　｜晴转阴　｜甘肃天水

　　数年前，就知道杭萧钢构这家公司。好像是因为信息披露的事在证券界搞得沸沸扬扬。无独有偶，知我喜欢紫砂的朋友赠我的一把紫砂壶，恰是这家公司的赠品。听朋友的口气，是正宗货："这么大的公司，庆典时总不会拿赝品糊弄人吧？"

　　想想，也是。

　　从壶的工艺看，朴素，大方，有拙朴之美，甚合我心。而且，纯手工工艺，且是紫砂原料里较为珍贵的绿泥，这些均为可取之处。而不足之处是壶身刻有"杭钢党校建校五十周年纪念"字样，离文人壶以志其趣的清雅相去甚远，但壶铭颇有深意，值得一提：君子怀德，万福自集。古人有每日三省其身之说，所以，这把壶我放在办公室里，天天用。天天看着"君子怀德，万福自集"这句话倒也不错，算是修身养性的方式。

　　当然，一介俗人的修身养性，说白了，所谓怀德，图的大抵也是俗世里的幸福吧。

2011/2/25 星期五　|阴　|甘肃天水

上午，和老杨编社志，累了，开始闲聊。

"想收藏几套紫砂壶，看着好玩。"我说。

"你已经错过时机了。"老杨是一贯的慢条斯理。

"怎么错过了？"我问。

"早都炒过了。"

股龄二十年有余而且收益不菲的老杨，句句不离本行。其实，收藏几款紫砂壶，就像在书房里置办几幅字画一样，只是一厢情愿罢了，与炒无关。但一个无法回避的事实是，这几年像炒房呀打新股似的把紫砂壶炒得由紫变红了。

好像是新千禧之年以来，国家对已经过量开采的宜兴紫砂矿实行了封禁——据说，全国出产最好紫砂的宜兴丁山四号井就在封存之列——由于紫砂资源的日渐稀缺，换言之，限量版的开采也就使得市面上不会出现大量的新制的紫砂器具了。物以稀为贵像是一个攻无不克的制胜法宝，紫砂器具的价格开始了一波堪称飙涨的行情。按说，这是一个正常的市场反应，不足为奇，但一套高档的紫砂壶动辄就是数十万，也就高得有点离谱了。当然，明清大师们或者当代如蒋蓉等大师的作品，那是另外一回事了。

终朝煮茶，七碗生风

更有趣的是，凡是和紫砂壶沾点的边的东西，一夜间都涨价了。在这个利益链条上，暴涨的行情让一些人眼红起来。仇人相见，分外眼红，而利欲熏心的人一旦眼红起来，后果更是不堪设想。其实，也是可以设想的：几乎所有被利欲冲昏头脑的人，都会殊途同归，走上一条造假的路。紫砂也不例外。于是，紫砂泥料里添加了大量的色素和危险的化工材料，制壶者的工艺师职称也开始伪造起来了，本来优秀的民间艺人开始昧着良知找普通艺人做枪手了，于是，从原料的造假开始，一套紫砂器具的生产全过程，充斥着利益、造假和欺骗。

听江苏的朋友讲，现在，很难买上一把纯手工的紫砂壶了。他还说，紫砂原料里即使绿泥因为资源更少的缘故而稍贵一些，但一把普通小壶的成本大约在三百元左右。可为什么会涨得如此离谱呢？据说，国家对楼市的调控政策相继出台后，楼市里的银子担心无钱可赚，就得另寻出路，恰好碰上了原料渐少的紫砂壶，于是蜂拥而上，让原本沉淀着艺术与茶道的紫砂摇身一变，成为一项产业了。

这样的变化，真让人怀念明清文人将紫砂当作艺术的那段美好时光。

紫砂茶具在经过明代的初步繁荣之后，在清代出现了分化，大致可一分为三：宫廷紫砂，文人紫砂和民间紫砂。尤其是文人紫砂，因了文人的参与介入，让一把紫砂壶与诗词、书法、绘画甚至篆刻不期而遇，壶铭就是它的典型性特征。想象一下，道光年间，

辑六

书画家瞿子冶在杨彭年制的石壶上画上竹子、刻下"翠雨潇潇，人过茶寮"的铭文时，那一派闲情逸致，多么让人心向往之。

可惜，现在的人更喜欢用价格衡量一切。

不过，好在现在的人不懂寂寞，据说炒紫砂的人已经华丽转身了。他们去哪里了？好像炒普洱茶了。外面的世界真是热闹，让我们把寂寞与清雅还归紫砂吧。

终朝煮茶,七碗生风

2012/2/4 星期日　　｜阴　｜兰州

　　春节回乡过年,在天水待了几天,有点烦,就去兰州。到了兰州还是无所事事,除了吃饭睡觉,就是喝酒。夜半酒醒,了无睡意,在兄长的书房找书看,居然找到了一册《紫砂入门十讲》,徐秀棠、山谷著,上海古籍出版社2006年出版。赶天亮,居然看完了。合上最后一页时,萌生出一定要去宜兴看看紫砂、长兴看看贡茶院的念想。

　　这也是一册闲书带来的旅行冲动。

2012/10/25 星期四　|晴　|杭州萧山

　　国庆长假，加上十天的年休，在老家待了快一个月了，返杭后看到的第一个展览信息，就是萧山博物馆正在办一场"紫玉金砂——浙江长兴紫砂茗壶特展"的展览。
　　一提到紫砂，人们总会想到江苏宜兴，这座以陶都而闻名的小城在国人心里已然是紫砂圣殿。其实，与宜兴一衣带水的长兴，亦产紫砂，而且与宜兴是同一紫砂泥矿脉，只是宜兴紫砂先阔起来了。这就像甘肃的敦煌石窟与天水麦积山石窟，如果从艺术价值的角度论，难分高下，但外地游客一提到甘肃石窟，总会先入为主地想到敦煌石窟。也许，每一颗人心里都住着一个"先入为主"的"魔鬼"。据史料记载，北宋时的长兴跟宜兴一样，陶瓷业极其发达，一派"千户烟灶万户丁"的繁华景象。当时"南窑北陶"之说的"南窑"，指的就是长兴，当然，"北陶"就是宜兴了。如果要论烧窑的历史，长兴可能更早。据考古资料显示，长兴西郊发掘的东汉古窑是目前国内发现最早的古窑。除此之外，长兴地处太湖之滨，南北运河交通发达，有临近明代的文化重镇苏州、扬州、杭州的地理之便，文人雅士吟诗作画、品茗赏壶蔚然成风，皆为促进紫砂壶艺发展的因素。长兴的紫砂落后于宜兴，是后来的事。况且，艺术的世界里，最优秀的遭遇遮蔽也是常有的事。当然，我这样说，不是说宜兴的紫砂不好，而是说长兴的紫砂同样好。也许，这有点接近人总是偏心弱小的文化心态。再说，我手头有一把壶，是长兴电视台的赠品，它辗转来到我的桌案，用了一两年了，日久生情嘛，也是人之常情。

所以，有关长兴的这场紫砂特展，一定得去看看。

特展是由萧山区茶文化研究会、文化广电新闻出版局与长兴县文化广电新闻出版局共同主办的，地点在萧山博物馆。过江而去，有钱的地方博物馆也建得好，但比起苏州博物馆还是俗了些，透出暴发户的味道，好在或清雅高古或朴实稳重的紫砂展品让人颇安静。我能记得的大约有以下几件：蒋淦勤的"南瓜套壶""青蛙莲蓬壶"，像花果，缀以草虫，神采欲生，是自然型花器的代表作；谈寅媛的"半月壶"坚瘦工整，在几何形方里有圆润之感；董建民的"中国印（陆羽）茶经壶"以中国印章为创作元素，壶面微刻陆羽《茶经》全文；钱樟法"滴水穿石壶"，以传统的象生派艺术手法见长。

据说，这几年长兴和宜兴的紫砂，有混战的味道，这必然是件两败俱伤的事。在中国，只要有同业间的竞争，就从来没有出现过伟大的对手。就在前几天，看过一篇三一重工与中联中科两家上市公司的报道，说是混战，实为同业竞争的丑闻。天下一理，紫砂的世界里，宜兴与长兴能相安无事么？不过，话说回来，宜兴与长兴在紫砂壶上的着力点还是有所不同的，最明显的一点就是长兴紫砂因了湖州人文的熏染，反倒能看出竹文化的斑驳影子。

竹者，文人之雅好，如果能在这里头大做文章，未尝不是长兴紫砂充满希望的一条道路。

辑
六

2012/11/24 星期六　　|阴　　|苏州吴中

　　初冬的苏州，萧瑟的风也吹不散空气里的婉约。宝带东路的车流跟往常一样，有些堵。我怀着心事、梦以及一种无法释然的情怀，走进一幢并不高大的旧楼。在四楼靠东的那间办公室里，有一把偶尔弹起的古琴，茶几上有一把雅致的紫砂壶。整整一个上午，我们听琴、喝茶、交谈——交谈中渐渐出现了苏州园林、小巷、昆曲以及遗失在承天寺巷的斑驳往事。

　　这个上午，仿佛命运之手，会带着我一路奔跑。

　　临别，我又留意了一眼茶几上的紫砂壶。莫非，我担心它会是时光的泄密者？

终朝煮茶，七碗生风

2012/12/18 星期二　｜晴　｜杭州

　　之前，中国茶叶博物我只去过一次，那时还未南迁，只是当景点逛了逛。出来，在门口的一棵香樟树下喝了杯西湖龙井。后来迁居杭州，才知这里每年要办不少茶主题的活动，如茶席表演、斗茶比赛以及各种茶展览，花样繁多，枚不胜举。

　　繁华紫砂梦，就是今年的展览之一。

　　这是一对夫妻的展览，丈夫吴光荣，妻子许艳春。20世纪80年代末，他们毕业于南京艺术学院工艺美术系，一个学平面设计，一个学陶瓷设计，虽然专业不同，但也靠点边，因缘也就结为夫妻——这是媒体提供的信息，我并不熟悉他们。去看展览的路上，我兴致勃勃地想，要不要给他们做点简单的访谈？可一到展厅，一点心思都没有。心想，看看足矣。我，永远都是一个异想天开的人。

　　这场由中国茶叶博物馆、中国美术学院公共艺术学院陶瓷与工艺美术系主办、台湾财团法人成阳艺术文化基金会协办的展览，共展出70余套紫砂陶艺作品。来来去去看了两遍，一个上午就过去了。展期一个月，我不知道自己以后还会不会来，所以看得认真。但还是没记住哪一把壶更有特色，倒是看出了这对夫妻多年来在紫砂技艺上的相濡以沫——与其说是"繁华紫砂梦"，不如说是一对夫妻的逝水年华。

辑六

　　离开展厅，突然想起赵明诚李清照夫妇角茶读书的往事。

　　现实世界里，夫妻合伙开店做生意赚大钱的励志故事太多了，但夫妻一起在艺术之路携手并肩作战的少之又少。在我有限的视野里，山西的李锐、蒋韵夫妇，广东的朱子庆马莉夫妇，皆为当代的优秀作家，他们虽然与吴光荣许艳春夫妇不在同一个领域，但终究也是殊途同归。

　　这样的婚姻，因其少，让人生出不少遐想。

终朝煮茶，七碗生风

2013/3/2 星期六　｜晴转阴，小雨　｜杭州

  杭州有三大赏梅处，孤山、西溪，还有灵峰。去年，错过了灵峰的梅花，像心头得了一块病，一直郁结着，不畅快了整整一年。这也是今年早早去灵峰赏梅的原因。见到一树一树的梅花，像碰上错过缘分的人，所以看得认真。恰好有一场中国茶叶博物馆办的"灵峰茶会"，就跑过去看。在一树梅花下看到了陈云飞的席位，就主动跟她打招呼。她是韩美林艺术馆副馆长，茶学专家，以前偶有短信联系，却缘悭一面，此次相遇算是意外之喜。另一个喜外之喜，就是折返时经过植物园时与韩美林艺术馆不期而遇。

  早就听说，韩美林因西子姑娘周建萍给他带来无穷的创作灵感，就在西湖之畔建了自己的艺术馆，还把一千余件作品安居于此，遂有了韩美林艺术馆的"杭州分店"。久闻馆名，未见其身，恰好遇到，不能不去。艺术馆分三层，有若干展区，一楼以雕塑为主，二楼是动物画和瓷塑，三楼是书画。一进门，就被迎面的一座"天书墙"给震撼了，墙上刻着三十余个类似汉字的奇怪符号，据说是韩美林先生在研究古陶时发现的。

  而我在这里见到不少韩氏紫砂壶，实属意外。

  恕我孤陋寡闻，只知韩美林在绘画、书法、雕塑、陶瓷、剪纸甚至设计上无所不通，而其艺关紫砂还是第一次知道。可能是他多年来沉浸于先秦两汉的传统文化以及民间艺

术的缘故，他的壶古拙味浓，又不失隐隐约约的装饰性——这种装饰性，既是他工于雕塑的艺术痕迹，亦是他给紫砂壶带来的当代属性。看过他的《慧海》《有鱼》《长养万物》《得无量寿》等壶后，对他的认识似乎更深了些，至少不再是那个设计过奥运会吉祥物的韩美林了。

从植物园出来，已是暮晚，园子更加安静了，天空里飘起细细的雨丝，仿佛在为我送别。

终朝煮茶，七碗生风

2013年8月 星期四　｜晴　｜江苏苏州

在苏州作家荆歌的微博上，见到了拍卖信息。这次拍卖的不是他的书画作品，而是两把他刻有书画的紫砂小壶。其中一把已经售出了。我在手机上看到消息，赶紧开电脑，下载图片，及时掌握行情。固然喜欢有加，却因最近花销太大，就死了这份念想。

不过，我是真心喜欢。

这喜欢，是因为这种真正意义上的文人壶，已经不多见了。

紫砂壶的美，不仅在于它"能发真茶之色香味"，更在于它的发展流变中不断渗入了文人的绮丽之梦。明清以降，文人对紫砂的参与迎来了紫砂壶前所未有的高潮。然而，这些年来，紫砂的手艺里，"术业有专攻"的工艺师、工艺大师越来越多，这样的名头也越来越重要——恰恰相反的是鲜有真正的文人进入。当然，这与当下文人不似古代文人诗书画印样样皆通的良好素质有关。在我有限的了解中，苏州的陶文瑜、车前子、荆歌等诗人作家，不但写得一手好文章，而且长于笔墨。这年头，更多的诗人与作家正在失去书写的功能——写作的键盘化已经让手稿都成了稀奇物，何况谁还会在一把壶上涂抹几笔，弄出几朵梅花呢？

更别提风流蕴藉的意味了。

所以，荆歌、车前子他们所延续的，其实是一股奄奄一息的文脉。

辑
六

2013/5/2 星期四　　|晴　　|江苏苏州

　　诗人李满强结束了鲁迅文学院第十九届中青年作家高研班的学习后，有些乐不思蜀，乘兴从北京来苏州玩，约我前往。得朋友之便，住在环秀小筑，此处风景绝佳，适合休养生息。连日来，陪他听了评弹、游了陆巷古村、逛了几处苏州园林，他居然还不回家，突发奇想地问他鲁十九的同学葛芳："苏州离宜兴不远吧，淘把壶，回去喝茶。"于是，葛芳、满强、天堂鸟教育中心的耿洁老师以及我一行四人，驱车前往宜兴。中午抵陶都宜兴，市委宣传部副部长、宜兴日报社长程伟设宴接风。席间，见到了老朋友陶都风，一个低调而内敛的诗人。可他还有公干在身，匆匆离席。

　　饭毕，在程社长办公室茶叙，随后去一家紫砂店。

　　店主姓高，闲聊间知其乃摄影发烧友，这几年坚持去西北一带采风，每年一趟，趟趟皆有摄影集问世，附以文字。满强选了一把石瓢壶，命名为"洗心壶"，还在壶坯上写了"洗心"两字。他一边写，一边喃喃自语："洗心，是我在鲁院学习的最大收获。"

　　下午，他们去丁蜀镇访龙窑，我因单位有事而折返杭州。

终朝煮茶，七碗生风

2013/5/20 星期一 ｜晴 ｜杭州

  重读《阳羡茗壶系》，读至《名家》一节，颇有意思，不禁失笑。此节谈到李仲芳时写道：
  李仲芳，行大，茂林子，及时大彬门，为高足第一。制度渐趋文巧，其父督以敦古。仲芳尝手一壶，视其父曰："老兄这个何如？"俗因呼其所作为"老兄壶"。后人金坛，卒以文巧相竞。今世世代代所传大彬壶，亦有仲芳作之，大彬见赏而自署款识者。时人语曰："李大瓶，时大名。"
  复读之，竟然读出《史记》笔法。
  一册论壶说茶的集子，写得气韵生动、文笔鲜活，足见周高起功力不凡。此处按下不表，且说两点。一，从"老兄壶"之来由可窥见古人对壶的命名，率性而为，于大俗处见大雅，一味追求风雅的今人是该学学啦，以免给后辈们留下空中楼阁、不接地气的话柄。二，看似李仲芳为时大彬代工，实则是李仲芳的手艺确实达到了让时大彬心动的水准。而现在的紫砂界，不少挂大师之名、实为出自徒弟之手的现象早就见怪不怪，但大师也要严格把关，否则，会坏了自己的声誉。

辑六

2013/10/20 星期日　｜晴　｜杭州萧山

　　元末明初之际，有一位著名的隐士，生活在萧山城里。

　　此人，曰贾性之。

　　古之隐士，以退为进者居多，而贾性之在萧山过的是真正的向后撤回的人生，以至于典籍里语焉不详。但有史可鉴的是，明初文学家刘基与之交情颇深。刘基在担任江浙行省都事一职时，不仅遍游萧山山水，又与萧山名人隐士有较为频繁的接触。在他诗酒唱和的朋友圈里，既有萧山名士任原礼，又有商贾世家的包舆善以及隐士贾性之。有趣的是，刘基叙述与三位朋友的交情而留下的文字，竟然皆与住宅有关，它们分别是任原礼的怡怡山堂、包舆善的棣萼轩以及贾性之的市隐斋。其中，刘基对市隐斋的造访次数最多，着笔最多，除了《贾性之市隐斋记》之外，还撰有《为贾性之题山水图》《宿贾性之市隐斋》。

　　市隐斋者，贾性之的隐居之地。

　　据刘基《贾性之市隐斋记》记载，"贾君性之，居越之萧山，筑室一区在圜阓。集古今图书，以为燕游接宾客之所，不高其垣，而不觌车马之尘，不深其宫，而不闻闾阎之声。以其径路宛转，户庭清谧，而不与鄙俗者接也。王君子充过而命之曰：'市隐'"。圜阛者，市区也，左思在《蜀都赋》里就有"阛阓之里，伎巧之家"的记述。那么，王子充为什么要美其名曰"市隐"呢？这也不是空穴来风。据《晋书·邓粲》载，"夫隐之为道，朝亦可隐，市亦可隐。隐初在我，不在于物"。由此可见，隐居于市者，即为市隐。

刘基笔下的贾性之，"以孝友处乎家人，以信义行乎里邻，有学有文，而口不言其志，可知矣"。然而，六百年前的市隐斋，现在又在何处呢？翻遍《明清萧山志》《萧山县志稿》，所记甚少。

民国二十四年《萧山县志稿·卷九·古迹》载：

市隐斋，《刘诚意文集》：元贾性之旧宅，有记。

我曾请教萧山的方志学者，亦不知其详，至于萧山本土市民，更不知市隐斋究竟在何处。后来，萧山历史文化学者刘宪康先生介绍说，市隐斋的位置，大致就在城河以北文化路一条叫烟笔子的弄堂里，早年，常有文人雅士坐船来这里雅聚。如今，湮没于历史深处的市隐斋，没在萧山留下一鳞半爪，只存于典籍当中，实在有些可惜。不过，稍稍庆幸的是，它的美名风雅地藏于一款古代的紫砂壶里，这实在是一件鲜为人知的事。在关于中国古代紫砂壶的著述里，除了明代周高起的《阳羡茗壶系》、清代吴骞的《阳羡名陶录》外，日本人奥玄宝撰写的《茗壶图录》也是一册重要的作品。

被中国紫砂界亲切地称之为奥兰田的奥玄宝，是日本明治时期的实业家，经营大米、鱼干。此人业余喜欢收藏，不但收藏了不少中国紫砂壶，还潜心著述，写就一册《茗壶图录》。此书分上下卷，上卷为文字，从源流、式样等方面系统论述了茗壶的历史与制艺，下卷为图式，包括壶形及款式。在他介绍的三十二款紫砂壶里，有一款姓方、名德、字至静、号萧山市隐的紫砂壶。

他是这样描述这款紫砂壶的：

右通盖高二寸，口径一寸八分二厘，腹径二寸七分，深一寸七分。重七拾四钱。容一合五勺。流方而徐起，鋬形如半折。凹字盖，坦且方，的适之。上丰而下杀。底有印曰"闭门即是深山"。篆法奇古可观，是明人之本色。泥色紫而梨皮。通体清雅温厚，颇有隐者风度，故号曰"萧山市隐"。

奥玄宝对紫砂壶的命名，是参考和借鉴了中国审安老人的《茶具图赞》。审安老人将宋代点茶的十二款茶具用白描的手法予以绘制，并依宋时官制，分别赐以名、号。一个外国人为什么会给一款紫砂壶命名为"萧山市隐"呢？显然，深谙中国传统文化的奥玄宝，取意于贾性之隐于市隐斋的风雅旧事。

如此说来，如果说《茗壶图录》见证了中国紫砂在日本的发展流变的话，那么市隐斋于无意间成就了一段漂洋过海的茶界佳话，为萧山的人文历史留下了一段无心插柳柳成荫的美谈。

终朝煮茶，
七碗生风

2014/4/13 星期日　|阴，小雨　|宜兴

今日小雨，雨后的宜兴，空气湿润得仿佛能拧出水来。

去丁蜀老街之前，先顺路去了东坡书院。元丰七年（1084），苏轼买田筑室于蜀山南麓，有"种橘300棵，以度晚年"的念想，可惜最终还是离开了，但他"船入荆溪"的手札还是写得一往情深。东坡书院始建北宋，已有八百多年的历史，现已是东坡小学——观其流变，像是一处时间的居所，安放着一个诗人对一方水土永恒不变的情愫。书院迎门是一尊苏东坡塑像，乃徐汉棠用紫砂所塑。紫砂雕塑，之前我只见过文房把玩的小件，规模如此大的还是头一次见。当年苏东坡登游蜀山时，见此山势似眉山，顿生思乡之情，且有"此山似蜀"的感叹，后人遂将山名易为蜀山。现在的东坡书院，就有一间"似蜀堂"。

匆匆游毕，往蜀山老街。

蜀山老街临河。河是蠡河。这几年在江南见多了古镇老街，世风所浸，不少老街，实已沦为商业街。而蜀山老街相对要纯正得多，而且特色鲜明——我所说的纯正，是多为紫砂小店，与丁蜀古镇的历史一脉相承。不像苏州的平江路，臭豆腐跟咖啡的味道混杂一起。沿街而行，隔着门与窗，可见紫砂艺人们埋首做活，认真、仔细，来来往往的游客丝毫惊扰不到他们。任何一门艺术都需要这样的沉浸，紫砂亦不例外。老街上，跟

不少紫砂名人故居不期而遇，约略记得有顾景舟故居、徐秀棠故居。

逛毕，去看老龙窑。据说每月只烧一次。此行恰逢龙窑开火，幸也幸也。

老龙窑，即前墅龙窑，是宜兴仅存的一座以古法烧制陶瓷的龙窑。不过，现在已很少用来烧制紫砂壶了，只是烧制些花盆、花瓶、罐瓮等大路货。最初，古龙窑只是前墅村的私窑，后来随着烧制技术的改进和丁山的土地开发升值，不少龙窑被拆，而前墅龙窑因相对偏僻倒是完整地保留下来——这让人想起古人福兮祸兮的话来。远远望去，依山坡而建的龙窑，像一条巨龙，龙头朝下，龙尾朝上，窑身左右遍布鳞眼洞，站在下面看上去，鳞次栉比，颇为壮观。有烧火人不停地将松枝、竹枝煨进去，噼里啪啦的声音，颇响亮。

古龙窑的温度很难控制，所以，成品率不高，这也是选择烧制花瓶等的原因。但窑工们的坚持让你见到的不只是一处遗址，更是中国古老陶艺生产流程的活的标本，这才是它最大的价值。如同我们思考"我们从哪里来到哪里去"的哲学命题一样，无论紫砂工艺如何转型升级，都不该忘了最初的窑火以及窑工们煨火时流下的滴滴汗水。

游毕，在丁蜀老街的一家小饭馆午餐，酱爆螺蛳极好吃。

同游者，苏州作家葛芳、《天津文学》编辑崔健、贵州文学院专业作家徐必常、甘肃诗人李满强。

终朝煮茶,
七碗生风

2014/4/19 星期六　　|阴、小雨　　|苏州

  苏州博物馆与镇江博物馆联办的"古韵茶香——茶具与茶文化主题特展",都快结束了,可一直顾不上看。前些天在苏州旺山环秀小筑结识了广东潮州女孩苏小熔,她在苏州老城经营一家"禅茶琴韵"的小茶馆。初次遇见,相谈甚欢,数次邀我去她茶室小坐,今日上午得闲前往,并一同观看"茶香古韵"特展。

  周末的苏博,人多,需要排队进入。

  老实说,之前对镇江博物馆并不了解。这次不敢落下这场特展,跟刚刚出刊的《收藏》杂志有关。今年四月号的《收藏》有"也可以清心"的专辑,实为茶具鉴赏专题。专辑里给镇江博物馆馆藏茶具特辟一文,配图十余幅,令人大开眼界——原来长江边上这座以醋闻名的古城竟然藏着这么多精美茶具!

  展厅里人多。莫非,现在的人越来越有文化了?

  展厅一角,有一把壶,一搭眼就喜欢,像人世间男男女女的一见钟情。细看,壶乃杨彭年所制。杨彭年是乾隆至嘉庆年间著名的紫砂艺人,历史上享誉盛名的"曼生壶"就是他跟陈曼生的合力之为。为什么陈曼生在众多艺人里独独选择杨彭年?可能跟他的手工捏制砂壶制作工艺有关。杨彭年在紫砂工艺上首创的捏嘴不用模子和掇暗嘴之工艺,

率意而为，却有天然之致。陈曼生曾赞曰："杨君彭年，制壶得龚时遗法。"何谓"龚时遗法"？其实就是手工捏制砂壶的传统工艺。

　　杨彭年的这把壶，器形简洁，又颇灵动，壶身两侧分别刻有梅与竹，壶颈一圈铭刻"乳泉霏雪沁我吟颊，丁酉初夏清和月，彭年"，器底有"彭年"款。

　　与一款这样的旧壶相遇，宛似遇到了一段发黄的旧时光。

　　苏博恰好在另一展厅举办一场明清书画典藏展。好像是一个系列展，已经办到第二十一期了。顺道去看，见到了任薰的册页，最让人惊叹的是李鱓的册页。其中一幅册页里的荷花，热烈奔放，仿佛要开到展厅里的样子。

终朝煮茶,七碗生风

2014/4/25 星期五/江苏苏州

　　午后,读吴骞的《阳羡茗陶录》,闲翻几页,连《选材》一章都没读完,睡意来袭,就在沙发上躺下了。昏昏沉沉中,恍惚觉着自己只身一人去了宜兴,寻访顾景舟先生,打算拜名师学紫砂手艺。
　　顾大师面目清朗,态度可亲,问我:"怎么?不写诗了?"
　　"我的诗歌气数已尽,换成散文了。"
　　我弱弱地答。
　　顾又问:"诗文一理,何不持之以恒?"
　　见他关切有加,我的胆子似乎大起来了,开始胡言乱语:"我的诗文匠气太足,就想弃文学紫砂了。"
　　顾大师撵我出门。
　　不过,他竟然在门缝里塞给我一把新制的"如意仿鼓壶"。
　　梦醒,哑然而笑,不禁想起数日前在丁蜀老街路遇顾景舟故居的好辰光来。

2014/5/19 星期一　　|阴，小雨　　|浙江杭州

　　报箱里的旧报纸积了一摞，来不及看。下午得闲，泡一杯西湖龙井，集中翻翻。找出上周四的《都市快报》，也就是5月15日的。每周四的《都市快报》有我喜欢的一个版面：陈振濂视角。这是中国书协副主席陈振濂先生以书法记录当代史的一次书法实践与创新。我曾为之撰写过一篇《中国书法的当代路径》的杂文。今年春天，此文蒙供职的杭报集团厚爱，参评中国新闻奖副刊评选，只是暂无下文。

　　这一期的"陈振濂视角"，照例刊发两幅作品。一幅是《抖空竹》——是他个人回忆幼时游戏的逝水年华；另一幅为《紫砂壶》：

　　宜兴紫砂壶享誉海内外，有赴工艺美术大师作坊参观，上万一柄壶陈列明码标价。大师甚忙，搁笔陪客购买收钱不亦乐乎。作坊工作室成卖场，大师兼售货员，皆为一钱字而去。云景德镇陶瓷大师亦如是。更闻工艺美术大师如国家级、省级、市级皆须幕后运作，几如评院士传闻。故予有一感慨，何时有大师潜心作品，钻研工艺，精心痴迷其专业而不醉心于卖作品收钱，以工艺技术而非商人交易能力定位，则中国之工艺美术必有出头之日矣！然返观今日宜兴、景德镇，未免令人失望。

终朝煮茶，七碗生风

这几年，陈振濂以笔墨记录当代民生，为恢复中国书法日渐式微的"记录"功能，身体力行，功莫大焉。

这一次，他说出的当下紫砂界的乱象，情之切切，意之拳拳，令人共鸣！

辑六

2014/6/2 星期一　　｜苏州　　｜晴

　　陋室新添小壶一把，决定悉心养之，遂选定良辰吉日6月2日开壶。之前，开过几把壶，皆取简易之法，即用茶水稍稍煮之。这次，因是新居第一壶，为了慎重起见，虚心请教了茶友苏小熔。遵其嘱，下楼买来老豆腐、甘蔗头——一个闲散之人如此不厌其烦，只是想认认真真地开一把壶，仿佛开始一段新的生活。

　　当然，亦与喜欢此壶有关。

　　壶，乃朋友忍痛割爱相赠，款型为水扁壶。壶身刻有"平章风月"四字，不过尔尔。但字面的意思颇雅致，亦有出处：陆游《诉衷情》就有"平章风月，弹压江山，别是功名"的句子。壶身亦刻有梅花数朵，落款为"徐云鹤于吴门"。此人略有耳闻，据说是苏州青年书家里的佼佼者，而且，此人对联作得极精妙，苏州火车站有一副对联就是他所撰所书。声名都是身外之物，只要看看壶身上开得极艳的梅花，顿觉神清气爽，足见此人功力不凡也。

　　开壶开始！

　　将壶用沸水内外冲洗一番后，遂置入新买的锅里，文火开煮。我临窗读车前子的《木瓜玩》，一册读过还想读的书。其间，临窗望运河若干次，抽烟若干支。足足煮了两

终朝煮茶,七碗生风

小时,将壶取出,放凉,换新水,添上老豆腐,继续煮——据说清水煮是去土气,与豆腐同煮则是以豆腐里的石膏去壶之火气。我这人脾气不好,爱发火,绝不能让自己的壶火气太旺,就在壶里塞满了豆腐。少顷,房间里散发着一股淡淡的豆香——我竟然忆起小时家乡豆腐坊里做豆腐的场景。复又冷却、换水,将壶与甘蔗头同煮。这个过程,苏小熔讲得深刻,而我听得并不明白。不过,我的理解是如同人之洗脸,是让甘蔗的天然糖分滋润茶壶。最后的半个小时,我把一盏壶交给了半两特级碧螺春茶叶。茶叶是东山茶厂的明前碧螺春,我平时舍不得喝,一直藏在冰箱,现在却大方地赐予新壶。整整一个上午,忙得之乎者也。最后的收尾,就是用煮过的茶叶反复擦拭壶身、壶盖。据说,这是给壶定味。所谓定味,即定位也,即这把壶将来要泡什么茶。当然,我要泡碧螺春了。一边擦,一边想,原来人之一生,与壶同理。一个人能干什么,想干什么,也得给自己定个位,这样也就好上路了。

忽然间觉着,开壶如遇见,养壶若相守。开壶像是给一个心生欢喜的人接风洗尘,隆重、热情似火;而养壶呢,则需要沉浸在日常生活的琐碎繁杂里,相濡以沫。手执一盏小壶,我仿佛从形而上回到了形而下——其实,不仅仅是壶,连同眼前的这套红木茶桌,我都将悉心呵护,如同滋润一颗心灵的成长,以永生的激情与浪漫。

开壶毕,只等佳人归,一起泡茶聊天看书——如果今夜有星星,也就一起数数星星吧。

2014/10/3 星期五　　|晴转阴

　　收到五盏紫砂笔筒，分赠家乡的师友。计有天水民俗学者李子伟、麦积区委组织部常务副部长潘亚龙、市七中校长丁贵仓、十中校长漆亚杰、诗人鲁学恩，对门邻居王老师——他是儿子的书法老师。

终朝煮茶,七碗生风

2014/10/10 星期五　　|晴转阴

　　寄自宜兴的紫砂壶到了。
　　壶是石瓢壶,三足。博古架上已经有三四把石瓢壶了,为什么还买石瓢,且花去了一千大洋?喜欢呗。我曾专门撰写过一篇石瓢壶的文章。壶系王朝红所做,此人是朋友林子的妻子——林子者,林天柱也,宜兴的一位摄影师。这样的一对夫妻,真是好搭档。在他们的微信微博上,看到他们的壶,卖得十分火。王朝红师从鲍敏霞,作品朴素秀气。
　　我偏爱此壶,是壶身上镌有五字:西北有茶客。
　　这五个字,是我即将行世的一册散文集的书名。早在几年前,我就请著名女书法家胡秋萍为我题写了书名——可惜书迟迟未见出版。当然,这不是出版社的原因,而是我写得实在太慢了,多年来慵散惯了,想改也改不了。每每倒腾自己收藏的书画,见到这几个字,就有些想法和冲动。有一次,突发奇想,能否将这几个字"转移"到紫砂壶上。经过咨询,竟然可以。于是,胡秋萍大师的这几个字就到了紫砂壶的壶体上。
　　顺便提一下,我手上有不少"西北有茶客"的闲章。为什么我如此喜欢"西北有茶客"几个字呢?我专门写过一篇文章,这里就不多说了。

辑
六

2016/4/18 星期一　　|晴　　|苏州

  前些天，去三亚玩，在海边待了几天，吃到了极好吃的芒果，看了热带雨林，在早晨的海边捡了贝壳，在丽思卡顿酒店写了几首小诗。如果说这趟旅行还有意外之喜的话，就是返程不久，在一则旧报纸上——2016年4月10日的《中国文化报美术周刊》上，见到了蒋蓉大师的芒果壶。

  蒋蓉是当代紫砂大师，也是紫砂史上的第一位女性工艺大师。

  有几次，在书里头见过她的照片，慈眉善目。

  她的这款芒果壶，据报道，"日前，在荣宝拍卖会上以48万元落槌"。此壶是蒋蓉"于1991年设计制作的花货，由三种不同泥料（段泥、紫泥、绿泥）做成壶体、把、钮和果叶。芒果壶以具象的仿生手法，直接模仿了植物的纹理和形态，直观形象地表达了茶具的仿生形态，富有浓郁的生活气息"。蒋蓉的"石榴壶""西瓜壶"皆为经典之作。她无愧于"花货壶艺的泰斗"，善于从日常生活中取其形，这是一个大师的不凡眼光。事实上，她打破惯常的壶形之法，实则是一种突破与创新。任何一门艺术，都需要不断地创新。最近流行提"工匠精神"了，可是，又有多少人在利益的冲击下不忘初心呢？

  毫无疑问，蒋蓉要算一个。

报纸上介绍说,"芒果壶身以黄色的芒果为形,以象征性的果树枝干巧妙为壶柄,芒果末端微微翘起上有小口作壶嘴,浓绿果叶跟随树枝紧贴于壶身侧面做纹饰,翠绿的小芒果做钮,采用嵌盖,以保持芒果的完整性,可谓天衣无缝"。

——吃完芒果,又见芒果壶,不亦快哉!

2016/6/10 星期五　　│晴转阴　│苏州

　　雨天，一上午的时间，读完周作人的《雨天的书》，发了一条微信，开读徐风先生的《布衣壶宗：顾景舟传》。

　　顾景舟可谓一代大师，是紫砂史上不可绕过的关键人物。他的一生，其实就是一部现代紫砂史。宜兴籍作家徐风以此为契入点，以重返现场的笔调复原了他波澜壮阔的一生。其实，他不仅写出了顾景舟，还写出了一部江南文化史和器物史，这也是此书的独特价值。

　　两年前，和一干文朋诗友云游宜兴。同行者葛芳与徐风私交甚好，得其"地主之谊"，我亦叨陪末座。徐风先生儒雅，给我留下了古代名士般的好印象。令我惊讶和纳闷的是，席间竟未谈一句紫砂之事。

　　然而，他近年来却一直致力于紫砂史的写作。

　　《布衣壶宗：顾景舟传》获选2015年度"中国好书"和"中国最美的书"，也是实至名归。

终朝煮茶，七碗生风

2016/10/21 星期五　　|晴转阴　　|苏州

　　下午出门，往南京，参加江苏省作协首届中青年作家高级研修班的学习，十天的时间。换洗的衣服、书，都收拾妥了，就喝杯茶吧——取石瓢壶，泡"洞庭红"，碧螺春的红茶。

　　紫砂壶的款式里，我偏爱石瓢壶。

　　石瓢壶有沉静之气，适合经历过些世事的中年人。我越来越喜欢石瓢壶，大抵是人到中年的迹象之一，就像这两年渐渐升高的胆固醇指标一样，都是中年的痕迹。且不说这个，一把好的石瓢壶，像是紫砂世界里的一位儒雅书生，稳重、大气，且不失古拙之味。

　　"石瓢"，最早称为"石铫"。

　　"铫"，在《辞海》里解释为"吊子，一种有柄，有流的小烹器"。以前，我的家乡甘肃天水一带的乡下，家境稍好的人家，都有一把沙铫，派什么用场？煮药喝。生老病死，人之大事，无论贫富，谁家都躲不过生病一事。彼时，得病了，不是去医院打点滴，而是到村子里的中药房抓几味草药，回来煮，服几天，差不多也就好了——那时候好像没有现在这么多奇怪的病。所以，我的成长经历跟沙铫息息相关。

莫非，这也是我喜欢石瓢壶的原因之一。

石瓢壶，历史上有过两次比较大的变革。第一次是引"铫"为陶。苏轼《试院煎茶》云："且学公家作名钦，砖炉石铫行相随。"这一次，苏东坡将金属之"铫"改为石之"铫"。苏东坡贬官宜兴，在蜀山一带教书，发现当地的紫色砂罐煮茶胜于铜铁器皿，于是就地取材，模仿金属吊子设计了一把既有"流"（壶嘴）又有"梁"（壶提）的砂陶之"铫"。这"铫"，也就是后来文人们津津乐道的"东坡提梁壶"。大抵，这就是最早的紫砂"石铫"壶。

石瓢壶的第二次变革，是将"石铫"正式命名为"石瓢"。

这应该是顾景舟的首创。他取"弱水三千，仅饮一瓢"之古意，自此以后，石瓢壶在紫砂界渐渐风行起来。曾在苏州博物馆里，见过一款石瓢壶，制壶人是杨彭年，曾分别与陈曼生、瞿应绍合作，诗书画印集于一壶，格调高雅，时称三绝壶。

石瓢壶，本是曼生所创的十八式之一。后来，几经变化，如子冶石瓢、景舟石瓢、红华石瓢、汉棠石瓢等。不过，纵有万千变化，但同出一源，皆出曼生所创。去过几次宜兴的紫砂博物馆，见过不少石瓢壶。总体而言，大抵到了陈曼生、杨彭年时期，有了很大变化，这种变化就是趋向文人化、艺术化。

这也是紫砂壶发展的一部分。

终朝煮茶,
七碗生风

2016/12/21 星期三　　|雨　　|苏州

  冬日的雨水里,两把紫砂壶自宜兴而来。一把大彬六方壶,一把扁玉西施壶。六方壶工稳,如谦谦君子;西施壶圆润,似丰腴女子。

  制壶人:方勤平。

辑
六

2017/2/28 星期二　　｜晴　　｜苏州

  好像是2014年的春天，和葛芳、李满强等一帮子朋友去宜兴玩，结识了宜兴文联的吕瑞芳。她写得一手好文章，尤其是写江南美食的文字，清新，又沾着泥土气息。文章写得清新容易，但于清新里带着泥土气息，就不容易了。我曾在供职的《萧山日报》上给她开过一段时间的专栏，犹记得发过五六篇，印象深刻的有《笋事》《乌米饭》等篇什。后来，断断续续地来往，虽未曾一见，但引为知己，有惺惺相惜之情。

  时隔三年，2017年的春天我复去宜兴，和她约好了见面，但不去善卷洞，不去太湖边，也不去已经去过多次的紫砂博物馆，而是去宜兴龙潭东路的一家临街的茶馆，喝茶聊天。茶馆的名字似乎有些洋气：小薇的茶空间，但布置得特别江南，茶席席主背靠的一面墙上是手绘的水墨画，有吴冠中的画风。茶馆馆主周薇萍，不仅是高级茶艺师，而且是全国茶艺师和评茶员的考官。她先泡了莫干黄芽，复又泡了海南红茶，说是朋友寄来的。我记住了那个牌子：椰仙五指山红茶。海南产茶之事，我还是头一次听说，也是第一次喝海南茶，不过口感还真不错。

  三个人，有一搭没一搭地喝着茶，聊着茶。茶馆之外，车来车往。

  临末，周薇平教我和吕瑞芳如何辨识叶底，如何从叶底判断茶品的好坏。

该归程了,我赠瑞芳几册闲书,她回赠我一盏紫砂壶:"纯手工的,不是名壶,但泡茶管用。"一句"管用",质朴,又令人感动。接过壶的瞬间,我不禁想起古人的那句"人间玉珠安足取,岂如阳羡溪头一丸土"来。